BBULMEDIA

http://www.bbulmedia.com

무영존 1

성 민 신무협 장편 소설

무명서생 반사영

뿔미디어

목차

서장 · · · · · · · · · · · · · · · · 7

1장. 무명서생 반사영(班査英) · · · · · 11

2장. 이별 · · · · · · · · · · · · · · 59

3장. 혼자만의 수련 · · · · · · · · · 97

4장. 낙양 · · · · · · · · · · · · · 141

5장. 새로이 만난 사람들 · · · · · · 179

6장. 거래 · · · · · · · · · · · · · 209

7장. 뒤를 쫓다 · · · · · · · · · · · 243

8장. 납치되다 · · · · · · · · · · · 285

서장

"맹주님을 뵙습니다."

천검맹 맹주 천검제의 앞에 무릎을 꿇은 사내. 이제 이십 대 중반의 나이지만 그가 풍기는 기운은 천검제 위지강조차도 긴장시키기에 부족하지 않았다.

"백건영웅대를 잘 이끌어 줘서 고맙네."

"과찬이십니다. 천검맹을 위해 미력하지만 도움을 드릴 수 있어서 영광이었습니다."

"이제 백건영웅대가 해체가 될 것이야."

"……."

"자네는 이제 어디로 갈 셈인가. 따로 사문이 있는 것도 아닌 것 같은데."

"다시 천하를 떠돌 생각입니다."

위지강의 입가에 미소가 걸렸다.

"자네 같은 인재가 천검맹을 위해 일을 해 주면 좋을 것 같은데. 자네 생각은 어떤가."

사내는 대답을 미뤘다.

"그대에게 자리 하나를 맡기고 싶은데."

"어떤 자리…… 말입니까."

"천검맹 맹주를 최측근에서 호위하는 천령군의 군장 자리 말일세."

사내는 엄청난 제의에 어떤 미동도 없었다.

그 모습이 위지강의 마음에 쏙 들었다.

"충심을 다해 보필하겠습니다, 주군."

"고맙네. 고마워."

역대 최연소 천령군 군장의 탄생이었다.

"이름이 뭔가?"

"반……적풍이라고 합니다."

"반적풍이라…… 하하! 좋은 이름일세. 군장의 별호는 무영존. 무영존 반적풍."

위지강은 연신 웃음을 터트리며 반적풍을 흐뭇하게 바라봤다.

1장.

무명서생 반사영(班查英)

"스승님. 전 한량이 되고 싶습니다!"

"그것도 나쁘지 않은 일이지."

"헤헤!"

반사영(班査英)은 제자의 머리를 쓰다듬어 주었다.

"스승님은 제 우상입니다. 스승님처럼 멋진 한량이 되고 싶어요."

"녀석아, 한량이라고 다 같은 게 아니다. 나처럼 되려면 아는 것도 많아야 하며 돈도 많아야 한다."

"그게 어려운 일입니까?"

반사영은 아직 어리기만 한 제자의 엉덩이를 툭툭 쳤다.

"어머님이 찾으시겠다. 수업은 끝났으니 어여 집에 가서 효도를 하거라."

그는 짐짓 엄한 표정으로 말을 했다. 씩 웃으며 쪼르르 밖으로 나가는 아이를 보며 쓰게 웃었다.

"한량이 되겠다니. 혹여 집에 가서 그런 말을 하지 않아야 할 것인데."

뒤늦은 걱정을 하며 반사영은 밖으로 나와 기지개를 폈다. 하루의 일과가 끝이 났다.

글을 배우는 아이들은 각자 집으로 돌아갔고, 남은 일이라고는 빈둥빈둥 노는 것만 남았다. 물론 그에게 노는 일이란 책을 읽고, 산책을 나서는 게 전부다.

술을 마시지도, 노름을 하지도 않는다.

가끔 계집질하는 걸 제외하고는 바람직한 무명서생의 표본이다.

따사로운 봄날의 햇살을 맞으며 반사영은 집을 나섰다.

그가 머물고 있는 집은 이 마을에서는 보지 못할 엄청난 크기였다.

커다란 마당이 있고, 창고가 있었으며 사람이 쉴 수 있는 방은 세 곳이나 되는 집이 있었다.

이곳에서 그는 점심이 되기 전에 몇몇의 아이들을 데려다가 글공부를 시켰다.

처음에는 반대도 있었다.

아이들의 부모는 대부분 없이 사는 시골의 농사꾼들이다.

글을 아는 것에 흥미가 없을 뿐더러 익힌다 하여 입에 풀칠하는 데 하등 도움이 되지 못한다고 생각하고 있기 때문이다.

집집마다 돌아다니며 아이들의 부모들을 설득했고, 지금은 어느 정도의 인원이 반사영에게서 글을 배우고 있었다.

처음에는 한두 명으로 시작했지만, 소문이 나기 시작하면서 열 명으로 늘어났다.

물론 돈은 받지 않는다.

다만 혼자 사는 반사영에게 필요한 밑반찬이나 음식들이 제공되곤 했다.

"어쩌다가 이 반사영이 한량 소리나 듣게 되었는지."

자신처럼 멋있는 한량이 되고 싶다던 아이의 말을 떠올린 반사영은 실소를 흘렸다.

그 아이가 한량이 무엇을 뜻하는지 정확하게 알지는 못할 것이다.

그저 어른들이 뒤에서 반사영에 대해 하는 이야기를 엿듣고는 멋모르고 말했을 것이다.

그 아이의 입장에서 보면 반사영의 삶은 상당히 부러웠을 테지. 하기 싫은 밭일을 하지 않음에도 대궐 같은 집에서 사는데다가 아는 것도 많았다.

하는 일이라고는 빈둥빈둥 노는 게 전부인데, 어른들이 반사영의 말이라면 껌뻑 죽으니까 말이다.

우상이라고 표현해도 이상하지 않았다.

산기슭 부근에 자리 잡고 있는 작은 마을은 원하는 물품을 구하기가 쉽지 않다는 것 말고는 한적하고 살기 좋은 곳이었다.

반사영은 이곳이 마음에 들었다.

한량처럼 살기에는 더없이 최적의 장소였다.

반사영은 낡은 집의 문을 두드렸다.

"곽씨 아저씨, 계십니까."

끼이익.

문이 열리고, 중년 남자 하나가 모습을 나타냈다.

"어이구, 선비님. 그렇잖아도 기별을 드릴 참이었습니다."

인상 좋게 생긴 중년인 곽씨는 반사영을 보고 요란스럽게 반겼다.

"선비님이 적어 주신 목록에 있는 책들을 최대한 구하려고 노력했습니다. 하지만 워낙 예전 책들은 아무리 찾아봐도 없지 뭡니까."

"괜찮습니다."

곽씨는 보름에 한 번씩 도시로 나가 마을 주민들이 필

요로 하는 물건들을 구해다 주는 일을 부업으로 하는 사람이었다.

반사영도 그에게 보고 싶은 책의 목록을 적어 주곤 했다. 워낙 많은 양이긴 했지만, 그만큼 곽씨의 주머니로 빨려 들어가는 돈의 액수가 짭짤했다.

반사영은 그에게 수고료를 챙겨 주고는 한 보따리나 되는 책들을 양손에 쥔 채 집으로 돌아왔다.

그는 자신의 방으로 들어가자마자 가져온 책들을 풀어 놓았다.

"흠. 한 달은 버틸 수 있겠군."

널브러진 책들을 보며 반사영은 흡족한 미소를 머금었다. 책을 훑어보는 그의 시선에는 사랑스러운 정인을 대하는 남자의 눈빛이 담겨 있었다.

곽씨가 가져온 책의 권수는 무려 백여 권이나 되었다.

반사영에게 이 책을 모조리 흡수하는 데 걸리는 시간은 불과 한 달이다.

그것도 완전하게 암기하기에 부족함 없는 시간이다.

그는 다양한 분야의 책을 읽지만, 가장 흥미를 갖고 보는 건 무공 서적들이다.

무공을 익힐 생각은 없었다.

단지 그곳에서 사는 이들의 삶에 대한 호기심이 강할 뿐이다.

내공심법, 화려하게 펼쳐지는 무공 초식들, 그리고 강자들만이 살아남는 약육강식의 세상.

그것은 평화롭고, 어찌 보면 지루하기까지 한 반사영의 인생에 있어서 강렬한 인상을 주기에 부족함이 없었다.

갈망!

그랬다.

젊은 반사영의 피를 뜨겁게 하기에 그 단어 하나면 충분하다.

여지없이 반사영은 가장 많은 양을 차지하는 무림에 관련된 책을 펼쳐 들었다.

그리 대단한 내용은 아니지만, 과거부터 지금까지 악명을 떨치던 마인들과 그들을 물리친 정파의 고수들에 관한 이야기가 실려 있는 책들이 대부분이다.

무림에서 벌어진 다양한 사건들을 읽으며 반사영은 통쾌함과 자신이 할 수 없는 일들에 대한 대리 만족을 느낄수가 있었다.

한 번 책을 읽기 시작하면 밥 먹는 것도 잊을 정도로 몰입하곤 했다.

"천검맹(天劍盟) 맹주의 곁에는 늘 그림자처럼 그를 호위하는 단체가 있었다. 그곳의 수장을 무영존(無影尊)이라고 불렀다."

흥미로운 부분을 발견한 반사영의 눈빛이 초롱초롱해

졌다.

정파의 기둥 천검맹 맹주를 호위할 정도의 남자라면 지닌바 무공이 엄청날 것임은 당연지사일 것이다.

게다가 그만한 일을 해내려면 신분을 숨기기도 해야 할 것이다.

반사영은 무영존라는 별호가 꽤나 마음에 들었다.

서책에는 무영존의 신상에 대한 것은 나와 있지 않았다.

워낙 비밀스러운 부분이 많은 사람이었기 때문일 것이다. 대신 그가 맹주를 호위하며 죽인 사파의 살수들 이야기가 주로 적혀 있었다.

이름만 들어도 오금이 저릴 정도로 유명한 이들도 있었지만, 그렇지 않은 자들도 있었다.

악명을 떨치지 않은 자들이라고 해서 약한 존재들이 아닐 것이다. 천검맹주의 암살 시도를 할 정도면 어지간한 인물들로는 불가능할 테니까.

물론 반사영은 이 책의 내용을 완전히 믿을 정도로 순수하지는 않았다.

어느 정도 재미를 위해 없던 일도 만들어 적었을 것이다. 일 년 동안 오십 번의 암살 시도가 있었다는 건 과장이라고 생각했다.

반사영은 해가 지고 밤이 되었음에도 책 읽는 걸 멈추

지 않았다.

　반사영이 눈을 뜨자마자 하는 일은 운기조식이었다.

　무인들이나 하는 걸 그는 어린 시절부터 해 왔다.

　무공을 익히고자 함이 아니다.

　단지 운기조식을 하면 머리가 좋아진다는 어머니의 제안으로 시작했다.

　무연심공(無然心功).

　어머니는 내공심법의 이름을 그렇게 말씀하셨다.

　누가 만들었는지도 모르는 이 심공은 그리 대단한 건 아니지만 머리를 맑게 하고, 체력이 좋아진다는 말에 지금까지 해 오고 있는 것이다.

　어디까지나 반사영의 어린 시절 꿈은 유능한 학자가 되는 것이었다.

　지금도 변한 건 아니다.

　기회가 된다면 언제라도 관리가 될 준비는 되어 있었다.

　하지만 그 기회라는 것이 자신에게는 오지 않을 것임을 모르지 않았다.

　게다가 어머니의 마지막 유언을 지켜야 했기에 지금은 어쩔 수 없이 한량 소리나 들으며 지내야만 했다.

　운기조식을 마칠 즈음 아이들이 떠들어 대는 소리가 들

렸다. 반사영은 자리에서 일어나 아이들을 맞이했다.

"스승님! 여쭙고 싶은 게 있습니다."

어제 반사영에게 한량이 되고 싶다던 소아가 대뜸 말했다.

"그동안 궁금했던 것인데요. 스승님은 저희가 오는 줄 어찌 아십니까?"

"응?"

그야 아이들의 대화 소리가 들렸기 때문이다.

소아는 항상 동무들과 정문을 넘어서기 전부터 반사영이 마당에 나와 기다리고 있었다고 했다.

반사영은 그게 뭐 어쨌다는 거야, 라고 생각하다가 불현듯 뭔가 이상하다는 걸 느꼈다.

아이들의 말소리가 들려 마당으로 나오는 건 지금까지 해 왔던 일이다.

하지만 아이들이 정문을 열고 들어서는 건 마당으로 나와 꽤 시간이 흐르고 나서였다.

안채와 집의 정문까지는 거리가 짧지 않았다.

일반적인 사람들이 대화 소리를 들었다면 아이들이 정문을 들어서고 나서부터일 것이다.

하지만 반사영의 귀에는 훨씬 이전부터 아이들의 말소리가 들렸던 것이다.

그동안 그걸 이상하게 생각해 본 적은 없었다.

그걸 소아가 일깨워 준 것이다.

수업을 진행하면서도 반사영은 자신의 몸에 무슨 변화가 일었는지를 고민했다.

언제부터라고 꼬집어서 말할 수는 없었지만 어느 순간부터 청력이 좋아지고, 시력도 좋아졌다.

청명한 하늘처럼 머리도 맑았다.

기억력도 괜찮아졌다.

분명 신체 기능들이 좋아진 건 맞았다.

하지만 그게 남들보다 비정상적으로 좋아진 거라고는 생각한 적이 없었다.

그저 조금 월등하다고 느꼈을 뿐이다.

반사영은 무연심공을 떠올렸다.

그가 아는 무림인들은 범인들이 상상할 수 없는 신체적인 능력을 지니고 있었다. 말보다 빨리 달릴 수 있었고, 손끝에서 기를 발산해 바위나 나무를 박살 낸다.

그런 능력들의 시작은 단전에 내공을 담는 내공심법에 있었다.

그저 공부를 하는 데 도움을 받고자 익힌 내공심법으로 인해 육체의 변화가 찾아왔다는 생각이 들자 반사영은 묘한 기분이 들었다.

"무슨 걱정거리 있으세요?"

어김없이 다른 아이들이 가고 소아만이 남았다. 소아는

또랑또랑한 눈으로 반사영을 올려다보며 물었다. 반사영은 피식 웃었다. 어린 제자에게 걱정을 끼친 스승이라니.

"수업에 집중하셔야죠!"

"미안하구나."

진심이었다. 소아는 다른 아이들에 비해 공부에 대한 욕심이 상당했다. 조금만 형편이 나은 가정에서 태어났다면 훗날 나라에 도움이 될 학자가 될지도 모를 일이다.

"배움이 즐거우냐."

"물론이죠! 전 알고 싶고, 익히고 싶은 게 너무 많아요."

반사영은 소아의 모습에서 자신의 어린 시절을 보는 것 같아 흐뭇하면서도 가슴이 아파 왔다.

아무리 꿈이 크다 한들, 지식이 많고 머리가 좋다 한들, 저 아이는 그저 농사꾼의 아들일 뿐이다.

삼류 무림인의 아들인 자신이 대접을 못 받듯 소아도 언젠가는 신분의 벽에 부딪혀 힘들어할 날이 올 것이다. 자신이 겪었듯이 말이다.

마음에 드는 책을 두어 권 빌려 가는 소아를 보며 반사영은 씁쓸하게 웃었다. 저 아이들의 부모들이 처음 글을 배우는 것을 반대했던 심정을 이해할 수가 있었다.

저 아이가 아무리 노력해도 되는 일이 있고, 되지 않는 일이 있는 것이다. 애초부터 그런 꿈을 갖게 하고 싶지 않기에 글을 배우는 것을 반대했을 것이다.

반사영은 아주 어린 시절부터 조정의 관리가 되고 싶어 했다. 하지만 그의 아버지가 무인이라는 이유로 과거조차 볼 수 없었다.

관부와 강호는 서로 다른 세상이었다. 관원이 무림인이 되는 경우는 있어도, 무림인이 관원이 되는 일은 관부에서 허락지 않았다.

무림인의 자식도 마찬가지다. 반사영처럼 삼류 무인을 아버지로 둔 자식에게는 과거를 본다는 건 꿈같은 일이다.

뜻이 크고 지식이 많다 한들 무슨 소용인가. 세상이 그의 피를 인정해 주지 않는 것을.

"하아!"

그 사실을 알았을 때를 떠올리자 가슴이 답답해져 왔다.

반사영은 마을 뒤편에 있는 산을 오르는 걸 즐겼다. 그리 높지도, 낮지도 않은 산을 오르고 내려오다 보면, 복잡하던 머리도 조금은 풀리곤 했다.

그저 놀고먹는 한량에게 복잡한 일이 무엇이 있겠냐고 할 수도 있었다. 하지만 반사영은 앞으로의 미래에 대해 고민하지 않을 수가 없었다.

이십 대 중반의 그는 지금 말 그대로 한량이었다. 과거를 볼 수도 없을 뿐더러 할 줄 아는 것은 책을 읽는 게 다였다.

산 정상에 오르면 작은 마을이 한눈에 내려다보인다. 이곳으로 온 지는 삼 년이 되었다. 고향에서 어머니가 돌아가시고, 여기저기를 떠돌다가 여기에 머물기 시작했다.

정확하게 말하자면, 어머니가 이곳에서 아버지를 기다리라는 유언을 남겼다. 지금 살고 있는 집은 과거 고위 관직에 있던 자가 별장으로 쓰던 곳이라고 했다.

자신이 알고 있는 가산으로 이런 터를 구할 수나 있을까? 이상했지만, 처음 이 마을에 왔을 때 마을 촌장에게 이름을 말했더니 그 집에서 머물면 된다고 했다.

미리 준비되어 있었던 듯했다.

삼 년 동안 천검맹으로 서신을 수차례 보냈다. 아버지는 천검맹 소속 무인이었다. 이건 어머니에게 들은 내용이다. 직접 보지 못했으니 확인할 길이 없었다.

어머니가 따로 일을 하지 않고, 반사영이 공부하는 데 부족함이 없을 정도로 돈을 보낸 것으로 보아 낮은 위치에 있지는 않을 거라는 추측만 할 뿐이다.

반사영은 정확히 아버지가 천검맹 내부에서 어떤 위치에 있는지는 알지 못한다. 어머니도 거기에 대해서는 따로 말씀이 없었다.

중요한 건 그게 아니다. 어머니가 돌아가셨을 때도, 그 이후에도 아버지는 코빼기도 모습을 나타내지 않았다는 것이다.

자신의 아내가 죽었는데도 오지 않았다. 혼자 남은 자식을 보기 위해서라도 나타났어야만 했다.

그게 아버지다. 반사영은 자신도 모르게 이를 악다물었다. 어느 순간부터인가 아버지라는 존재를 떠올리면 강한 증오심이 고개를 쳐들었다.

어머니 앞에서는 아버지의 대한 적개심을 드러낸 적이 없었다. 어머니가 아버지를 얼마만큼 사랑하는지 알았기 때문이다.

또한 얼마나 그리워하는지도 모르지 않았다. 끝끝내 나타나지 않는 아버지를 향해 작은 원망이라도 해 볼 수도 있건만, 어머니는 아버지를 미워하지 말라고 했다.

그리고 눈을 감으셨다.

반사영은 해가 지기 시작하자 산에서 내려왔다. 터덜터덜 집으로 돌아왔다. 입맛이 없어 저녁은 먹지 않았다. 대신 어제 읽던 책을 폈다.

"……!"

반사영은 엉덩이에 불이 붙은 사람마냥 자리에서 벌떡 일어서더니 방 안을 둘러봤다.

그는 겁에 잔뜩 질린 얼굴이 되었다. 방 안은 자신이

외출을 하기 전과 별반 다르지 않았다. 아니, 아주 사소한 부분이 조금 달라져 있었다.

어머니의 유품 중 하나인 석경(石鏡)의 위치가 달라져 있었던 것이다. 농 위에 비스듬히 세워져 있어야 할 석경이 엎어져 있었다.

반사영은 세밀하고 꼼꼼한 성격이다. 게다가 기억력까지 좋았다. 그런 그가 어머니의 유품의 위치가 바뀐 것을 눈치채지 못할 리 없었다.

이 방으로 누군가가 들어왔다가 나갔을 수도 있지만, 지금 반사영의 감각에 낯선 기운이 감지되었다.

무림인도 아닌 그저 평범한 서생이 그런 걸 감지할 수가 있겠냐마는 지금 그런 걸 따질 때가 아니었다.

반사영은 망설임 없이 방 밖으로 뛰어나왔다.

"누, 누구냐! 어서 썩 나오지 못할까!"

아마 마을 사람들이 이 모습을 봤다면 너무 놀고먹은 나머지 미친놈 흉내를 낸다고 흉봤을지도 모를 일이다.

"끌끌끌."

요상한 웃음소리가 들렸다. 반사영의 고개가 지붕 위로 향했다. 그곳에는 허름한 옷차림의 중년인이 이죽거리고 있었다.

"책이나 파는 무명서생이라 얕봤다가 아주 놀랐어, 아들!"

"⋯⋯!"

반사영의 눈이 부릅떠졌다. 자신에게 아들이라고 부를 수 있는 사람은 딱 한 명뿐이다.

"아, 아버지?"

"그래. 아비가 돌아왔다!"

시골 마을의 반찬은 마땅치가 않았다. 하지만 반사영의 아버지 반적풍(班赤風)은 며칠을 굶은 사람마냥 음식을 먹어 치웠다.

"네가 만든 거냐."

"아뇨."

"하긴, 책이나 읽고 있는 놈이 이런 음식을 만들 리가 없지."

반사영의 눈썹이 일그러졌다.

십 년 만에 나타나서 한다는 말치고는 너무나 형편없었다.

반사영은 아버지의 모습을 찬찬히 살폈다. 깔끔하게 다듬지 않은 수염, 헝클어진 머리카락, 너저분한 옷. 거지들이 형님이라 부르며 쫓아다닐 행색이었다.

아버지가 이런 모습으로 나타날 줄은 상상도 못했던 반사영이다. 천검맹 무인들은 모두가 이런 몰골을 하고서 지낸단 말인가?

식사를 다 마친 반적풍은 이를 쑤시며 방 안을 둘러봤다.

"다 읽은 것들이냐."

"그런 것도 있고, 아닌 것도 있어요."

반사영은 퉁명스럽게 대답했다.

"무연심공을 꾸준하게 했구나."

"……"

반적풍은 흐뭇하게 웃으며 말했다.

"이미 평범한 자들과는 어울리기 힘들겠어."

"무슨 말씀이죠?"

"아니다. 아무것도."

반적풍은 자리를 털고 일어섰다.

"바람 좀 쐬고 오마."

"아버지."

반사영의 목소리가 차가웠다.

"어머니는…… 마지막까지 아버지를 미워하지 말라고 하셨어요."

"내가 미우냐?"

반사영은 입술을 깨물었다. 지금 그걸 말이라고 하는지 따지고 싶었다.

"왜 오지 않으셨죠. 아무리 천검맹이 중요하다고 해도 어머니가 돌아가셨는데…… 오셨어야 했어요. 무슨 일이 있어도."

반사영은 최대한 자신의 화를 순화시키기 위해 노력했다. 정말이지 최대한의 인내심을 발휘한 것이다.

"네가 모르는 사정이 있었다."

그게 끝이다. 반적풍은 그 말만을 하고는 방을 나갔다. 반사영은 어처구니가 없었다. 도저히 아버지라고도 부르기 싫었다.

와장창.

그는 반적풍이 먹고 남은 탁자를 들어 올려 벽에 내던졌다.

새까만 어둠 속에서 반적풍은 어디서 구했는지 모를 술병을 손에 쥔 채 걸었다.

그는 반사영이 올랐던 산으로 향했다.

이 산은 자신의 아내가 좋아했다. 정상이라고 부르기도 민망할 정도로 높지는 않았지만, 오르고 나면 마을이 한눈에 보인다. 이곳은 그녀의 고향이었다. 그녀가 태어나 자란 곳.

반적풍은 이 산에서 만약 아내를 만나지 못했다면 그날 싸늘한 주검이 되었을지도 몰랐다.

어쨌든 그날이 인연이 되어 정을 나누고, 반사영을 낳게 되었다. 하지만 혼례는 올리지 못했다.

그럴 수 있는 신분도 아니다. 그때나 지금이나 가정을
꾸릴 수 있는 상황이 못 되었다. 혼례를 올리지 못했지만,
아이를 낳은 이상 가장으로서의 역할이 주어졌다. 하지만
가장의 역할도 제대로 해 주지 못했다. 늘 멀찌감치 떨어
져 지내야만 했다. 해 줄 수 있는 거라고는 매달 넉넉하게
돈을 부쳐 주는 것뿐이었다.

그녀가 이생에서의 마지막 밤을 보낼 적에도 자신은 올
수가 없었다. 그녀가 이해해 줬을 거라는 믿음 때문에 마
음의 짐은 덜했다. 누구보다 처해 있는 상황을 잘 알고 있
기 때문이다.

문제는 반사영이다. 그 아이는 모른다. 자기 아버지가
어떤 삶을 살아가는지. 아직은 모든 걸 말해 줄 때가 아니
었다.

다행인 일은 무연심공을 성실하게 운기해 왔다는 것이
다. 그것만으로도 이미 반사영은 무림인으로서의 기본 자
질을 갖춘 것이다. 그것도 시작부터가 다른 그릇이 생긴
셈이다. 마음 같아서는 직접 지도를 해 주고 싶었다.

그러나 이제 생의 마감이 얼마 남지 않았음을 반적풍은
알고 있었다. 삶에 대한 미련은 없다. 누구보다 지금까지
치열하고 뜨겁게 살았다 자부한다.

다만 죽기 전에 꼭 해야만 하는 일이 있었다. 그걸 끝
내기 위해서 돌아온 것이다. 반적풍은 마지막 남은 술을

입안으로 털어 넣었다.

"아하하하! 이게 누구야!"

곽씨는 전란에 헤어진 가족을 만난 사람처럼 반적풍을
반겼다.

"두 분이서 아세요?"

반사영은 눈을 동그랗게 떴다.

"그럼요. 이 친구는 이 마을의 처녀를 보쌈해 간 놈입
니다."

"처녀…… 보쌈이오?"

"크하하하! 이거 참, 형님은 여전하십니다."

곽씨와 반적풍은 서로를 보며 호탕한 웃음을 멈추지 않
았다.

"아니, 근데 선비님하고 자네가 어찌 같이 있는가?"

"선비는 얼어 죽을."

"어허! 나이가 어려도 박학다식한 분이네."

반사영이 반적풍의 아들이라는 걸 모르는 그로서는 여
간 당황스러운 일이 아니었다.

"제 아들놈입니다. 형님."

"아…… 아들? 이 선비님이?"

"예."

"어허허허! 그럼 그 아이의?"

반적풍은 말없이 고개를 끄덕인다. 반사영은 곽씨가 어머니를 알고 있다는 사실에 놀랐다.

"설마 보쌈당한 처녀가…… 어머니를 말씀하시는 건가요."

"어험!"

반적풍의 귓불이 붉게 달아올랐다. 그건 곽씨도 마찬가지였다. 아들 앞에서 아버지가 어머니를 그런 식으로 꼬였다는 민망한 이야기를 해 버리다니.

"여튼, 자네에게서 이렇게 훌륭하신 선비님이 태어났다는 게 신기할 뿐이네."

"제깟 놈이 훌륭해 봤자지."

"우리 마을 아이들의 글공부를 아무 대가 없이 해 주고 계시네."

"호오?"

"돈도 받지 않고, 아이들도 선비님을 잘 따르네."

"그건 그렇고, 아우의 아들놈한테 언제까지 선비님, 선비님, 그럴 겁니까. 낯간지럽게."

반적풍의 호통에 곽씨는 반사영의 눈치를 살핀다. 아무리 그래도 갑자기 말투를 바꾼다는 것이 쉽지는 않은 일이다.

이쯤 되면 반사영도 말을 편히 하라고 할 법도 하지만, 입을 꾹 다물고 있었다. 호칭 정리에 대한 무언의 반항이다.

곽씨와 반적풍은 당황스러운 표정이다.

반사영은 노려보는 아버지의 시선을 피하며 다른 곳을 본다. 반사영에게 어른에 대한 공경심이 없는 것은 아니다. 그저 선비님이라는 호칭이 좋을 뿐이다. 자신의 꿈이 관료가 되는 것이었다는 유일한 흔적이 바로 선비님이라는 호칭이었다.

그런 관계로 호칭 정리를 거부한 것이다.

"험, 험."

민망해진 건 곽씨도 마찬가지다.

"이따 저녁에 술이나 한잔하지."

"예, 형님."

곽씨가 지나쳐 가자, 반적풍은 반사영의 엉덩이를 걷어찼다.

"어린놈이 싹수없이. 그렇게 대접받으며 살고 싶으냐. 저 불쌍한 사람들이 선비님, 선비님 해 주니까 진짜로 네가 뭐 대단한 놈인 줄 아는 모양이지?"

"하긴…… 아무리 머리가 좋으면 뭐합니까. 무림인의 자식이라 과거도 못 보는 신분인데."

반사영은 지지 않고 비아냥거렸다.

"관직에 오르면 뭐 달라지는 줄 아느냐. 네깟 놈이 아무리 머리가 좋아도 저 지방 한적한 곳에서 평생을 썩을 수밖에 없다. 유능한 학자? 명성을 떨쳐? 그것도 다 돈 있고, 뒷배경이 좋아야만이 가능한 일이다."

"예, 예. 그렇겠죠. 어디 감히 무림인의 자식 따위가 그런 허황된 꿈을 꾸겠습니까. 그것도 삼류 무인의 자식인 것을."

반적풍은 더 이상 반사영을 몰아붙이지 못했다. 그에게도 양심이라는 게 있었으니까.

"그렇다고 해서 제가 누군가의 뒤를 따라 무림인이 될 거라고 생각하지는 마십시오. 절대로 그런 일은 없을 테니. 아, 오해하실까 봐 미리 말씀드리지만, 무연심공인지 뭔지 하는 건 단순히 공부를 하는 데 있어서 효과가 있다는 우리 어머니의 제안으로 시작한 겁니다."

딱딱하기 그지없는 말투로 반사영은 쉬지 않고 말을 토해 냈다. 아들이 아버지에게 말하는 것과는 거리가 멀었다.

반적풍은 머리가 아프기 시작했다. 십 년 만에 본 아들은 고집불통에 융통성이라고는 찾아보기 힘들었다.

게다가 어머니가 사경을 헤매다 세상을 떠나는 그 순간에도 나타나지 않았던 아버지에 대한 원망이 가득 차 있었다. 반사영의 눈빛은 어제와는 사뭇 달랐다.

독기로 가득 차 있었다.

반적풍은 쓰게 웃을 수밖에 없었다. 누구를 탓하랴. 모두가 자신으로 인해 벌어진 것을.

반적풍은 마당을 둘러보더니 작은 돌멩이를 집어 들었다.

그리고 아무렇지 않게 반사영에게로 던진다. 두 사람의 거리는 보폭으로 열 걸음 정도 떨어져 있었다.

휘익!

반사영은 뭐라고 말할 틈도 없었다. 날아온 돌멩이를 피해야만 했으니까.

"잘 피하네."

뭐 같은 경우가 벌어졌다. 느닷없이 아들에게 돌멩이를 집어 던지더니 고작 하는 소리가 잘 피하네, 라니.

기가 차서 입만 벌리고 있었다.

"이번에는 벌어진 그 입에 넣어 주랴?"

반적풍이 이죽거리며 또 돌멩이를 집어 올렸다.

"이번에는 만만치 않다."

휘익!

확연하게 빨라진 속도였지만, 피하지 못할 정도는 아니었다.

"제법."

반적풍은 짧게 감상평을 말하더니 다시금 돌멩이를 집

어 든다.

"지, 지금 이게 뭐하는 겁니까!"

"보면 모르냐. 이게 그 돌팔매질이라는 거다."

"……!"

이번에 날아온 돌멩이의 속도는 처음과 두 번째와는 차원이 달랐다. 하지만 반사영은 본능 적으로 피해 냈다. 바닥을 나뒹구느라 옷이 더러워지긴 했지만.

사실 반사영이 피한 돌멩이는 일반인들로서는 피하는 것을 엄두도 못 낼 정도의 속도였다. 반적풍이 내공을 이용해서 던졌기 때문이다. 게다가 스치기라도 했다면 피부가 완전 너덜거릴 정도로 파괴력이 있었다.

"어떠냐. 빠르디?"

반사영은 엄청난 인내심으로 이성의 끈을 꽉 쥐고 있었다. 조금만 그 끈을 놓친다면 아버지고 뭐고 멱살을 잡고 흔들었을 것이다.

"입을 다무시겠다? 그럼 어쩔 수 없는 일이지."

반적풍이 또다시 돌멩이를 집어 들자, 반사영이 황급히 말문을 열었다.

"빠릅디다."

"말투가 꽤 마음에 들지는 않지만 봐준다."

"……."

"감사하다는 말 정도는 해야 하는 거 아니냐."

미치고 팔짝 뛴다는 말이 이럴 때 쓰는 것이라는 걸 반사영은 깨달았다.

"네가 무연심공을 운기해 오지 않았다면 방금 돌멩이들을 피하는 건 꿈에서조차 상상 못할 일이다."

"그래서요."

"무연심공을 운기해 오면서 네 몸에는 자연스럽게 내공이라는 것이 모였다는 말이다. 이미 너는 범인들과는 어울리기 힘든 육체를 갖고 있다는 소리지."

반사영은 눈살을 찌푸린다.

"그래서요. 저보고 삼류 무림인이나 되라는 말입니까?"

"이 아비는 천검맹 소속이다. 그것만으로 삼류 무인은 아니지."

"하! 아버지가 삼류고, 일류고 간에 상관없습니다. 어차피 그쪽 세상으로는 발을 담글 생각이 없으니까요."

"그럼 평생을 여기서 지낼 생각이냐."

"뭐, 상관은 없습니다."

"먹고사는 데 드는 돈은 어쩔 거냐. 이제부터 내가 보내 주던 자금이 끊어질 것인데."

"천검맹에서 짤렸습……."

반적풍이 다시금 돌멩이를 만지작거리자, 반사영은 자동적으로 입을 다문다.

"내가 언제 무림인이 되라 했더냐. 지금처럼 매달 들어

오던 돈은 이제부터 지원이 되지 않을 예정이다. 하면 네 힘으로 세상을 살아가야 할 것이 아니냐. 천검맹으로 들어가라. 그곳에는 무림인만이 있는 게 아니니. 여러 가지 기관이 있고, 그중에는 조직의 운영자금을 관리하는 부서도 있다. 추천서를 써 줄 터이니 거기서 앞으로 네 인생을 계획하면 되지 않느냐."

"⋯⋯."

"그리해라. 아비로서 너에게 해 줄 수 있는 건 이것밖에 없구나."

"너무 늦었다고 생각하지 않으십니까. 이제 와서 제게 아버지 노릇을 하실 거라면 이미 때를 놓치셨습니다."

반사영의 차가운 목소리가 반적풍의 마음을 찢어 놓았다. 돌아서는 아들에게 반적풍은 어떤 말도 하지 못했다.

그날 밤 반적풍은 곽씨의 집을 찾았다.

"역시나, 과거에 몸담았던 사람에게도 말을 하지 않는 걸 보니 대단한 곳이긴 해. 새삼 깨달았네."

곽씨는 미리 반적풍이 올 것을 대비해 술을 준비해 뒀다. 게다가 낮에 봤던 순박한 농사꾼의 모습과는 달라져 있었다.

"저희 일이라는 게 그렇죠. 죄송하다는 말은 하지 않겠습니다."

"하하!"

"왜 웃으십니까."

"앞뒤 꽉 막힌 건 자네나 자네 아들이나 똑같은 거 같아서 말이야."

"그 녀석이 들었다면 광분했을 겁니다. 저를 원망하거든요."

"제 어미 때문이겠군."

"예. 아내가 세상을 떠나는 순간에도 오지 못했으니까요."

곽씨가 반적풍의 잔에 술을 따랐다.

"정말 모르고 있었어. 그 아이가 자네 아들일 줄은."

"……."

"내가 여기서 지내는 걸 알고서 아들을 보냈나?"

"여기라면 안전할 것 같더군요."

"혹시…… 자네 부인이 그렇게 된 게……."

"아직 밝혀내지는 못했습니다. 게다가 저 또한 언제 목숨이 끊길지 모르는 몸이 되었으니."

"……!"

곽씨의 눈동자가 흔들렸다. 반적풍이 어떤 인물인지 알기 때문에 놀라움은 더욱 증폭되었다.

반적풍은 옅은 미소를 흘리며 팔의 소매를 걷는다.

"어떤 독인지조차도 판단이 서지 않더군요."

그의 왼쪽 팔은 문둥병에 걸린 사람처럼 썩어 가고 있었다.

"인간의 팔이 이렇게 썩어 가고 있음에도 어떤 냄새도, 고통도 느끼지 못합니다. 팔뿐만이 아니라 온몸이 썩어 가고 있습니다."

"지독하군. 이곳에서 마지막을 보낼 작정인가."

"예. 이미 모든 걸 정리하고 내려온 것입니다. 아들놈 얼굴이나 보려고요. 그리고 저 녀석을 천검맹으로 보낼 겁니다."

"자네와 부인을 그렇게 만든 게 동일범의 소행이라면 불안할 테지. 하지만 천검맹이라고 꼭 안전하다고는 말할 수 없지 않은가."

"제 자리를 이어받게 할 생각입니다."

"허허. 그게 가능할 것 같은가?"

곽씨는 말도 안 되는 일이라며 고개를 가로저었다. 시골에서 책이나 파던 서생이 반적풍의 뒤를 잇는다?

천지가 뒤집혀도 불가능한 일이다.

"선배에게 부탁드리고 싶은 일이 있습니다."

"해 보게."

"지금은 그 아이가 고집을 부리지만, 반드시 천검맹으

로 가야만 합니다. 부디 그 아이가 무사히 그곳에 도착할
수 있도록 도와주십시오."

곽씨는 입안에 술을 털어 넣었다.

"자네도 알지 않은가. 단전이 파괴되어 내게는 힘이 없
음을."

"부탁드립니다. 저 녀석 혼자 보내기에는 제 마음이 놓
이지 않습니다."

곽씨는 섣불리 대답을 하지 못했다. 반적풍을 저리 만
든 놈들이 덤빈다면 그에게는 막아 낼 힘이 없었다.

그렇다고 다 죽어 가는 후배의 청을 거절할 정도로 매
정한 사람도 되지 못한다.

"그 술을 비우면 내 생각해 보지."

곽씨의 허락이 떨어지자, 반적풍은 마음이 놓였는지 단
숨에 잔을 비운다.

"감사합니다."

반적풍은 잠든 반사영을 내려다봤다.

숨소리가 얕고 평온하다. 반적풍은 한때 이 아이만큼
은 그런 삶을 살아가길 바란 적이 있었다. 평화롭고, 순
풍을 탄 배처럼 앞길에는 어떤 아픔이 없었으면 좋겠다

고 말이다.

하지만 자신의 피를 이어받은 것만으로 그런 삶은 불가능하다는 걸 깨달았다. 그렇다면 약해져서는 안 되는 일이다. 누구보다 강해져야만 한다. 아무리 머리가 좋고, 무공이 강하다고 해서 살아남는 건 아니다. 하지만 그 두 가지를 모두 지니게 된다면, 그 가능성은 커진다.

사랑하는 사람을 지켜 줄 수 있는 가능성.

적으로부터 자신을 지킬 수 있는 가능성.

없는 것보다는 있는 것이 훨씬 좋은 일이다.

"안 자는 거 다 안다."

반적풍은 발로 아들을 툭툭 치며 말했다. 실제로 반사영은 뒤척이다가 반적풍이 들어오자 잠든 척하고 있었다.

"무림인이 되면 그런 것도 알게 됩니까."

"왜 무림인이 되고 싶어졌냐."

"그럴 리가요."

"무연심공을 익힌 이상 너도 이런 것쯤은 알아차릴 수 있다."

"대단한 내공심법이네요."

전혀 그렇게 생각하지 않은 얼굴을 하고서 반사영은 다시 눈을 감았다.

"나와라."

"왜요. 또 돌멩이를 집어 던지시려고 그럽니까."

그 순간 방 안에는 반사영이 감당할 수 없는 엄청난 살기가 가득 찼다.

"나오지 않으면 이 자리에서 널 죽일 수도 있다."

반사영은 반적풍의 말이 허언이 아님을 본능적으로 느꼈다. 뭐랄까…… 지금은 아버지가 아닌 다른 존재처럼 다가왔다.

말로서는 표현할 수 없었지만, 당장 몸을 움직이지 않는다면 정말 죽을 수도 있을 것 같았다.

반사영은 반적풍을 따라 밖으로 나갔다.

마당에서 반사영을 기다리던 그는 미리 준비해 두고 있던 책 두 권을 바닥에 내던졌다.

"무연심공을 바탕으로 한 무공을 정리한 책이다."

"……."

반사영은 바닥에 나뒹군 책에 시선을 두지 않았다. 오로지 반적풍을 노려볼 뿐이다.

"그래서 어쩌라는 말입니까."

반사영은 이런 일방적인 태도를 혐오했다. 아무런 설명도 없이 자신에게 강요하는 건 아버지라 할지라도 화가 나는 일이다.

"앞으로 천검맹으로 가서 일을 하려면 어느 정도 네 몸하나는 지킬 힘이 있어야 하지 않겠느냐."

"전 천검맹으로 간다는 말을 하지 않았습니다."

"그건 네가 선택할 수 있는 일이 아니다."

반적풍의 눈은 어느 때보다 싸늘했다. 하지만 반사영도 그에 못지않는 눈으로 대응했다. 절대로 꺾이지 않을 것이라는 다부진 의지가 담겨 있다.

"이게 아버지의 방식입니까. 어떤 이유도 없이 자기 마음 내키는 대로 행동하는 것이?"

"익숙해져야 한다. 세상은 나보다 더한 놈들 천지이니까. 네가 약하면, 그런 자들의 꼭두각시나 될 테니까."

"하! 아버지의 무공이 그리도 잘난 것입니까. 이 책의 내용을 익히면 그 누구도 저를 함부로 대하지 못할 만큼?"

반적풍은 날카롭게 찔러 들어오는 아들의 말에 입을 다물었다. 무연심공이 얼마나 대단한 내공심법인지 반사영은 모른다. 설명해 준다고 해서 알 수 있는 성질의 것이 아니다.

이십오 년을 무림과는 동떨어져 살아왔으니 당연한 일이다. 무연심공을 운기해 온 것 자체만으로 반사영은 평범한 무림인들을 뛰어넘은 상태였다. 웬만한 이, 삼류 무림인들이 갖지 못한 육체적인 능력들이 발달되어 왔을 것이다.

본인 스스로가 그 능력을 느끼고 사용할 줄 모른다는 게 문제지만 말이다. 내공심법의 운기 방법은 아내에게 배웠을 것이다. 아내도 평범한 삶을 산 여인은 아니었다.

하지만 내공심법만 가지고는 강해지지 않는다. 마음 같아서는 반사영의 곁에 들러붙어 하나부터 가르치고 싶은 마음이 강했지만, 자신에게는 시간이 없었다.

"네 어미가 왜 죽었는지 궁금하지 않느냐?"

반사영의 고집을 꺾을 수 있는 유일한 패를 꺼내 들었다. 어지간하면 자신의 입으로 하고 싶지 않은 말이다.

냉정하던 반사영의 눈빛이 흔들렸다. 반사영으로서는 둔탁한 무엇인가로 뒤통수를 얻어맞은 기분일 것이다.

유능한 의원들이 어머니의 진료를 맡았지만, 모두가 고개를 가로저었다. 무엇이 원인인지조차도 그들은 알아낼 수가 없었다.

그런데 같이 살지도 않은 아버지가 어머니가 왜 돌아가셨는지에 대해서 무엇인가를 아는 것처럼 말한다?

반사영은 냉정을 찾을 수가 없었다.

"내 말을 따르면 알려 주마."

"어머니의 죽음을 이용하는 겁니까. 아버지에게 어머니는 겨우 그런 존재였습니까!"

"아무것도 모르는 주제에 말이 심하구나."

"이익!"

반사영은 더 이상 참지 못하고 반적풍에게로 몸을 날려 주먹을 휘둘렀다. 싸움이라고는 해 본 적 없는 그가 어찌

해 볼 만큼 반적풍이 약하지는 않았다.

반적풍은 가볍게 반사영을 제압했다. 바닥을 나뒹구는 아들의 모습을 바라보는 눈은 한기로 가득 차 있다.

"저 두 권의 책…… 무연심공을 익혔다면 머릿속으로 집어넣는 데 이틀이면 충분할 것이다. 그리고 바로 불태워 없애 버려라."

반사영은 얻어맞은 복부의 통증으로 인해 바닥에서 비명을 내지르기만 했다.

다음 날 아침, 반적풍은 매캐한 냄새로 인해 눈을 뜰 수밖에 없었다. 문을 열고 나갔다. 마당 중앙에서 반사영이 무엇인가를 태우고 있었다.

"뭐하는 거냐?"

"어제 다 읽고 나면 태우라고 하셨지 않았습니까."

"설마 그걸 모조리 외웠다는 것이냐?"

반사영은 대답 없이 활활 타오르는 불을 물끄러미 내려다보고만 있었다.

반적풍은 혹시 그게 아니라면 지금 반사영의 다리를 부러뜨릴 심산이었다.

"무연심공을 바탕으로 한 무공 중 으뜸인 무영살검류(無影殺劍流)는 총 다섯 가지 초식으로 구성되어 있다. 각 초식은 사람을 죽이는 데 가장 뛰어난 움직임을 바탕으로 이루어져 있다. 또한 모든 중심은 무형과 무음이다."

"……."

"그중 으뜸은 섬영혈참(閃影血斬)으로, 무형과 무음의 이치를 온전히 깨달은 자만이 표출할 수 있는 최고의 초식이다."

"……."

"무영살검류의 바탕은 무연심공이지만, 초식을 발휘하는 데 발판으로 삼는 보법은 무엇이냐."

"월야무영(月夜無影)."

"월야무영과 쌍벽을 이루는 것은 무엇이냐."

"은형무(隱形霧)."

반적풍은 고개를 끄덕였다. 아주 기초적인 것들이지만, 일단 읽었다면 허투루 넘겼을 아이가 아니다. 각각의 무공에 관련된 구결과 동작들 모두가 이미 저 아이의 머릿속에 각인되었을 것이다.

일단은 그것만으로 큰 성과다.

"이제 말씀해 주시죠. 어머니가 왜 돌아가셨는지."

"아직 한 가지가 더 남았다."

"아들에게까지도 사기를 치는 겁니까."

"네가 뭐라고 해도 어쩔 수 없는 일이다."

반사영은 다시금 속에서 화가 치밀어 올랐다. 마치 어머니의 죽음을 이용하는 것만 같은 기분이 들어 참을 수가 없었다.

"뭡니까. 그 한 가지."

"네가 천검맹으로 가는 것이다."

"……."

"내가 준 추천서를 가지고 그곳에서 새 삶을 살아라."

"정말…… 천검맹에서 짤리기라도 하신 겁니까."

"앞으로 돌아갈 일은 없다는 것만 알아 둬라."

아버지가 천검맹에서 근무를 할 수 없는 것과 자신을 천검맹으로 보내려는 것과는 전혀 상관이 없는 일이다. 대체 왜 저토록 아들을 천검맹으로 보내려는 것일까.

너무나 갑작스럽게 나타나서 하는 행동들이 모조리 자신을 혼란스럽게 하는 것들뿐이다.

하지만 반사영은 어떻게든 어머니가 돌아가신 이유를 알아야만 했다. 늘 건강하시던 분이었다. 그런 어머니가 유명한 의원들조차 고개를 가로젓는 병에 걸렸다는 것은 분명 이상한 일이다.

만약 어머니의 죽음이 무림인인 아버지의 개인적인 은 원으로 벌어진 일이라면 분노를 참지 못할 것이다.

하지만 반사영은 직감적으로 무림의 은원 관계와 연관 이 없을 거라는 생각은 들지 않았다.

반적풍은 마지막 자신의 계획을 말해 주지 않고 집을 나섰다. 그가 향하는 곳은 곽씨의 집이었다.

"며칠 안으로 저 녀석은 이곳을 떠날 겁니다."

"하루 만에 설득을 한 건가?"

"제 어미가 어찌 죽었는지에 대해서 말해 준다고 하니 순순히 제 말을 듣더군요."

"자네는 확신하고 있는 모양이군."

반적풍의 얼굴이 굳어졌다.

"그들밖에는 없지 않겠습니까."

"흐음. 워낙 잔악한 놈들이긴 하지."

"게다가 점조직으로 활동 중이라 꼬리를 잡는 것 또한 불가능하죠."

"죽은 사람만 억울할 뿐이지. 그 아이가 자네 상태에 대해서도 알고 있나."

"얘기하지 않았습니다. 걱정해 줄 정도로 부자지간에 정이 돈독하지도 않고요."

반적풍은 자조 섞인 미소를 머금었다.

"알겠네. 그럼 나도 떠날 채비를 하고 있겠네."

"감사합니다."

반적풍이 집으로 돌아왔을 때에는 반사영이 아이들 앞에서 글공부를 가르치고 있었다. 아이들의 또랑또랑한 목소리가 지붕 아래를 가득 채운다.

　반적풍은 아직 앳된 아이들의 모습에 절로 웃음이 번졌다. 배우고 때로 익히니 기쁘지 아니한가. 공자가 지은 논어의 구절을 떠올린 반적풍의 눈은 어느새 온기로 가득차 있었다.

　물론 그 눈길이 닿은 사람은 반사영이다. 갓 걸음마를 배우기 시작할 때가 아직도 선명했다. 그런 아들이 어엿하게 성장해서 아이들의 선생이 되어 있다니.

　직접 보고도 실감이 나질 않는다. 한편으로는 미안한 마음이 가득했다.

　평범하게 살고자 하는 저 아이의 마음을 아비인 자신이 짓밟아야만 하는 현실이 무겁기만 하다.

　하지만 그 어떤 것도 목숨보다 귀하지는 않은 일이다. 사실 반적풍은 아내와 아들이 머물던 곳에 수하를 심어 뒀다. 물론 그 수하는 아내를 마지막으로 진료했던 의원으로 위장하고 있었다.

　수하는 아내가 독살되었다는 사실을 전해 줬고, 아내를 치료한다는 목적 아래 열흘 정도를 함께 머물렀다. 물론 반사영을 지키기 위해서였다.

아내의 장례를 마치고, 반사영이 이곳으로 오기까지 먼 곳에서 반적풍의 노력이 있었다. 수하들이 여행객으로 변신해 반사영이 무사히 이 도시로 올 수 있도록 힘을 썼다.

　당장이라도 아들을 보기 위해 오고 싶었지만, 그럴 수가 없었다. 저들이 노리는 건 다름 아닌, 자신이 누군가의 곁에서 떨어지길 바라고 있기 때문이라는 걸 알고 있었기 때문이다.

　결과적으로는 그들의 계획대로 이루어졌다.

　자신은 곧 죽을 몸이 되었다. 하지만 저들은 아들마저도 죽일 것이다. 자신의 손에 죽어 간 동료들의 원수를 갚을 심산일 것이다.

　한때 함께 일했던 동료라면 믿을 만했다. 반사영을 무사히 천검맹으로 데려다 줄 것이다. 그곳으로 가면 그래도 이곳보다는 안전할 거라는 게 반적풍의 생각이었다.

　"제법이구나."

　"정말…… 제가 천검맹으로 가야만 합니까."

　"아비의 부탁이다."

　반사영은 머리가 나쁘지 않았다. 오히려 너무 잘 굴러간다. 아버지가 갑자기 나타났다. 그리고 어머니의 죽음을 빌미로 자신에게 무공을 전수해 줬다. 물론 이론적인 것이지만, 내공이 받쳐 주고, 수련만 집중적으로 한다면 어느 정도는 펼칠 수 있을 것이다. 그리고 천검맹으로 가라고 한다.

아마도 이곳에 있으면 안 되는 이유가 있을 것이다. 아버지가 저렇게 부탁할 정도라면 자신의 안위와 관련된 일임이 틀림없다.

자신에게는 선택의 여지가 없었다. 받아들여야만 했다.

지금까지 읽었던 무림에 대한 책에서 무조건적으로 나왔던 것이 있다. 은원 관계. 그것은 어느 한쪽이 끝내고 싶다고 해서 끝낼 수 있는 성질의 것이 아니다.

그 후손에 후손까지도 이어질 수 있는 것이 바로 무림의 은원 관계임을 반사영도 알고 있었다.

그 공포를 직접 느낄 줄은 몰랐다.

"뭐부터 하면 됩니까."

"들어오거라."

반적풍은 반사영과 함께 방으로 들어섰다.

─지금부터 무연심공의 모든 구결을 알려 줄 것이다.

방 안에는 두 사람밖에 없었지만 반적풍은 전음을 이용했다. 물론 전음을 사용할 줄 모르는 반사영은 잠자코 듣기만 할 수밖에 없었다.

─네가 알고 있고, 지금까지 해 왔던 무연심공은 반토막짜리다. 후반부가 잘린 것이지. 네 어머니가 구결을 알려 줬을 게다. 무연심공의 완전한 구결을 알고 있는 자는

나 말고는 없다. 무공 전승자에게만 입에서 입으로 전해져 내려오는 것이지. 무슨 말인지 알겠느냐.

반사영은 잔뜩 심각해진 반적풍의 목소리를 들으며 고개를 끄덕인다.

—운기 자세를 잡아라. 그리고 아비가 들려주는 구결을 머릿속에 집어넣어라. 무연심공에 특성상 잊어버릴 일은 없을 것이니 마음을 차분히 해라.

반사영의 귀로 무연심공의 구결이 또렷하게 들려왔다. 반사영은 구결을 들으며 내공을 운기하기 시작했다. 잡생각은 사라지고, 정신이 맑아진다. 무연심공의 기운은 청아함이다.

세속에 탁한 기운은 침범할 수 없는 맑은 기운이 반사영의 온몸을 구석구석 훑기 시작했다.

반사영은 지금까지와는 차원이 다른 기운이 몸에 돌자 당혹스러웠다. 지금까지 무연심공을 운기할 적에는 공기 좋은 산을 걷는 기분이었다. 하지만 아버지의 말대로 그건 완전하지 않은 성질이었다. 완전한 구결을 따라 운기를 하자 마치 이 세상에 존재하지 않는 천산을 거니는 기분이다.

—나무가 보이느냐.

반사영은 하늘을 덮은 커다란 나무 앞에 서 있었다.

—그 나무가 지금 너의 단전에 자리 잡은 내공이다.

반사영은 바로 이해하지 못했다.

어떤 무공 서적에도 단전에 모인 내공이 저렇게 거목처럼 생겼다고는 나오지 않았다.

─하지만 아무리 커다란 내공을 지녔다 하더라도 네 몸에 존재하는 기경팔맥은 대부분이 막혀 있는 상태다. 지금부터 내가 네 몸의 기운을 조정해 그 막혀 있는 맥을 뚫을 것이다.

반사영은 아버지의 손길이 닿았음을 느낄 수 있었다.

'흐읍!'

반사영은 단전 깊숙한 곳에 가둬져 있던 엄청난 기운이 튀어나오자 하마터면 정신을 잃을 뻔했다.

─겁먹을 것 없다.

단전을 빠져나온 기운은 대맥(大脈)에서 두세 바퀴를 돌았다. 막힘없이 유유히 선회한다. 반사영은 몸이 따뜻해짐을 느꼈다.

그리고 천천히 아래로 향하기 시작했다.

음교맥, 양교맥, 음유맥, 양유맥 순으로 기운이 막힌 네 곳을 뚫었다. 반적풍의 얼굴은 땀으로 범벅이 되어 있었다. 여기까지는 어렵지 않은 일이다.

반적풍은 기를 다시 대맥으로 끌어 올리더니 수직으로 상승시킨다.

"크으읍!"

태어나 이토록 뜨거운 기운을 느낀 건 처음이다. 반사영의 얼굴이 잔뜩 일그러졌다.

반적풍 또한 집중한 표정이 역력하다. 지금 반사영의 기운이 독맥(督脈)을 뚫어야만 했기 때문이다.

척추를 따라 올라가는 곳이므로 자칫 방심했다가는 반사영은 평생 불구자로 살아갈 수도 있었다. 본래 이런 식으로 타인의 기경팔맥을 뚫어 주는 일은 굉장히 위험천만한 것이었다.

운기를 하는 사람보다 몇 배는 더 많은 양의 내공을 소유하지 않으면 불가능한 일이기도 했다. 문제는 반적풍에게 시간이 없다는 것이다.

오늘 하루 만에 남은 맥을 뚫어야만 했다.

우는 아이를 달래듯 부드럽게 독맥 주변에서 맴돌기 시작했다. 천천히 시간을 들여서 뚫어야만 하는 부분이다.

시간이 늦어질수록 반사영의 고통은 극에 다다랐다. 온몸이 타 버릴 것만 같았다.

최대한의 정신력으로 버티는 중이다.

반적풍도 반사영이 느끼고 있을 고통의 크기가 어느 정도인지를 알고 있었다. 그래서 더욱 집중력을 발휘했다.

얼마쯤 시간이 지났을까.

'후우.'

반적풍이 의도한 대로 독맥이 뚫렸다. 이제부터는 속전

속결이다. 인간의 신체 중 가장 크고 넓은 부피를 자랑하는 독맥이기에 시간이 지체됐다.

하지만 남은 임맥(任脈), 충맥(衝脈)은 섬세함보다는 힘 있게 뚫어야만 했다. 이윽고 반적풍은 자신의 내공과 반사영의 내공을 있는 대로 끌어모아 나머지 두 맥을 뚫었다.

"하아아."

드디어 끝이 났다.

반적풍은 모든 기력을 소진해 버렸다. 반면 반사영은 몸 안에서 감당할 수 없는 기운이 느껴졌다. 당장이라도 태산을 들 수 있을 것 같은 기분이 들었다.

반사영은 아버지가 자신에게 내공을 전수해 줬음을 알고 있었다. 무공 서적에서 본 적이 있었다. 타인에게 자신이 지닌 내공을 모조리 옮기는 작업을 방금 마친 것이다.

지금 아버지의 단전에는 한 줌의 내공도 남아 있지 않을 것이다. 무인에게 내공이 없다는 건 사형선고를 받은 일과 다름없다고 본 기억이 났다.

어느새 잠이 든 반적풍을 보는 반사영의 시선에 슬픔이 가득했다.

2장.
이별

반사영이 눈을 뜬 건 만 하루가 다 지나서다.

이제 막 동이 트고 있었다.

'일어나라, 어서······.'

어디선가 아버지의 목소리가 들려오는 듯했다. 꿈결에
서 들리는 불확실하고 명확하지 않은 음성이다. 반사영은
분명 꿈속에서 아버지가 자신을 깨우려고 한다고 생각했
다.

"좋은 말할 때 일어나라."

감겨져 있던 반사영의 눈이 부릅떠졌다.

"커헉!"

배를 지그시 누르는 통증과 동시에 반사영은 자연스럽

게 몸을 벌떡 일으켰다.

"꿈이 아니었어?"

눈앞에 아버지가 떡하니 있는 걸 보니, 귓가에 울리던 목소리는 꿈이 아닌 모양이었다.

"꿈같은 소리 한다. 내공을 전수해 주고 기경팔맥까지 다 뚫은 아비도 반나절 만에 일어났는데, 공짜로 그 대단한 대접을 받은 자식 놈이 하루나 다 돼서 깨어나?"

반적풍은 어처구니가 없다는 듯이 말했다.

하지만 너무나 자연스러운 일임을 반적풍도 잘 알고 있었다. 갑자기 엄청난 양의 힘이 몸으로 밀려 들어오면 기존에 있던 육체나 단전이 급격하게 피로해지고, 적응하는데 시간이 필요하기 때문이었다.

자신의 전부였던 내공이 대부분 소실된 상태에서 반사영이 단꿈을 꾸는 얼굴을 하고 있자 괜스레 부아가 치밀어 오른 탓이다.

그걸 모르는 반사영으로서는 의아해할 수밖에 없는 노릇이다. 분명 지쳐 잠든 아버지의 모습을 지켜보고 있었는데, 그 뒤로는 기억이 없었기 때문이다.

"몸은 어떠냐?"

반사영은 정신을 차리고 몸 상태를 살피기 시작했다.

"어라……."

반사영은 남들보다 건강에는 늘 자신이 있었다. 제대로

된 보양식을 따로 챙겨 먹지 않아도 감기 한 번 걸리지 않았었다. 그게 무연심공 때문이라고 어머니가 말을 해 준 기억이 났다. 한데 지금의 몸은 단순히 건강하다고 표현하기에는 부족했다.

뭐랄까…… 몸이 깃털처럼 가벼워졌다고 할까. 마음만 먹으면 도망가는 토끼나 쥐 같은 것들도 쉽게 잡을 수 있을 것만 같은 기분이다. 주체 못할 힘도 느껴진다. 맨주먹으로 바위도 박살 낼 수 있을 것 같았다. 게다가 모든 오감이 열린 탓인지 이전과는 세상이 다르게 보였다.

집 밖에서 한참이나 떨어진 곳에 어떤 생물이 있는지도 본능적으로 알 수가 있을 정도다.

하루 만에 자신의 몸에 일어난 변화가 반사영은 낯설기만 했다.

반적풍의 얼굴에는 편안함이 자리했다.

평생을 무인으로 살아오면서 지녔던 내공이 사라졌다. 아니, 사라진 것이 아니라 아들에게로 옮겨져 갔다. 텅 비어 버린 단전을 느껴 본 경험은 처음이다. 믿기지 않게도 마음은 가벼웠다.

아마 아들에게 주었기 때문이 아닐까. 그리고 지난 시간 피비린내 나는 생활이 끝났다는 기분이 반적풍의 마음을 편안하게 해 주고 있는 것이리라.

반사영이 오늘 경험한 과정은 결코 하루 만에 가능한 일이 아니다. 아주 어린 시절부터 수년 동안 진행해야만 가능한 일이다.

이제 반사영은 무림인으로서 지닐 기본을 갖추게 되었다. 아직 무공에 대한 개념은 없지만 영특한 아이니 어렵지 않게 일류 무인의 반열에 들 것이다.

하지만 반적풍은 아직 자신의 일이 끝나지 않았음을 알고 있었다.

"따라와라."

"어딜요?"

"무식하게 내공만 많다고 다가 아니다."

반적풍은 반사영을 데리고 자신이 올랐던 산으로 갔다.

"이곳은 예나 지금이나 좋은 것 같구나."

반사영은 입술만 움직일 뿐, 물어보고 싶은 질문은 입 밖으로 내뱉지 못했다.

아버지와 어머니가 이곳에서 서로 처음 만났다는 건 모르고 있었다. 어머니의 마지막 유언은 이곳에 와서 아버지를 기다리라는 것이었다.

언제가 됐든 아버지를 기다리라는 말이 다였다. 이 마을이 아버지와 어머니에게 어떤 의미를 가진 장소였는지는 알지 못한 채 말이다.

"궁금하냐?"

"뭐가 말입니까."

"네 어미와 내가 어찌 만났는지."

"낯간지럽게 그런 걸 왜 궁금해합니까."

반사영은 속내를 들킨 걸 감추기 위해 일부러 시큰둥하게 대꾸했다.

"궁금하지 않으면 어쩔 수 없는 일이지. 매정한 놈 같으니."

반적풍은 사방이 탁 트인 공터로 반사영을 데리고 갔다.

주위를 둘러보던 반적풍은 굵은 나뭇가지 하나를 가져와 반사영에게 건넸다. 그러더니 이내 멀찌감치 떨어져서 반사영과 마주 봤다.

"뭐하자는 겁니까."

"머리 좋은 거 맞는 거냐. 척 보면 딱이지 않아? 지금 너와 비무를 하려는 거다."

"하!"

반사영은 기가 막히다는 듯 콧방귀를 꼈다.

태어나서 목검 한 번 쥐어 본 적이 없는 자신이다.

물론 자랑은 아니지만, 지금 들고 있는 굵은 나뭇가지조차 들어 본 경험이 없었다. 누군가와 싸움을 해 본 적도 없거니와 상대를 때려눕혀 버리고 싶다, 라는 생각도 해 본 적이 없었다.

그런 건 머리가 텅 빈 멍청이들이나 하는 짓이라고 생각해 왔던 반사영이다.

아무리 단전에 내공이, 그것도 어마어마한 양을 얻었다 하더라도 그런 힘을 표현해 내기에 몸은 익숙해 있지 않았다. 하지만 아버지의 능글맞은 미소를 보고 있노라면 화가 치밀어 올랐다.

아버지라고는 하지만 왠지 보고만 있어도 얄미운 존재다.

게다가 손을 들어 까딱까딱거리는 행동은 절로 살심이 피어오를 만큼 자극을 주기에 충분했다.

"내 단전이 이제 텅텅 비어 있다. 뭐, 이제는 농사나 지을 힘밖에 남지 않은 셈이지."

"그 대단한 내공을 달라고 한 적 없습니다. 그러니 생색낼 생각은 안 하시는 게 좋습니다."

"언제까지 그러고 있을 셈이냐. 설마 쫄아 있는 건 아니겠지. 하긴 서책에 파묻혀 있던 놈이 비무라는 걸 알긴 하겠냐. 일개 무명서생 따위가 무인들만의 전유물인 비무가 뭔지는 모르겠지."

반사영의 눈썹이 역 팔자를 그렸다. 함께한 시간보다 떨어져 지내 온 날들이 더 많았다. 하지만 아버지는 자신의 성격을 귀신같이 잘 알고 있었다. 자존심이 강하고, 남에게 지기 싫어한다는 것을 말이다.

"비무라는 거…… 멍청한 작자들만 한다고 생각하는 아니겠지, 설마."

"……."

"어라? 표정을 보니 정말로 그렇게 생각한 모양이구나."

"아니라고는 말하지 못하겠네요."

"무공은 단순히 육체적인 능력으로만 하는 건 아니다. 비무건 실전이건 간에 상대를 파악하고 거기에 맞춰서 매 순간순간 공격을 바꾸는 거다. 그런 상황에서 상대를 이기기 위해서는 정확한 상황 판단을 내리는 머리가 있어야 하고, 그 결정을 따르려면 빠른 행동이 필요하다. 그런 점에서 무공은, 아니 네놈이 우습게 여기는 비무는 머리와 몸의 능력이 합쳐서 나와야만이 가능한 일이라는 소리지. 너처럼 책만 파던 놈에게 내가 준 내공은 지금으로서는 무용지물인 셈이다."

반사영은 반박을 하지 못했다. 아버지의 말이 전적으로 옳았기 때문이다.

단전에는 당장이라도 태산을 부술 만큼 엄청난 힘이 존재하고 있다. 밖으로 튀어나오려는 그 대단한 기운을 절제하지 못하면 육체는 터져 버릴 것이다. 본능적으로 그걸 느끼고 있었다.

게다가 그 힘으로 상대를 제압하는 방법을 모른다. 몸을 움직이려고 하면 자연스럽지 못하고, 쭈뼛쭈뼛거릴 게 틀림없었다. 그런 모습을 아버지에게 보여 주고 싶지는 않았다.

하지만 지금으로서는 도움을 청하지 않으면 안 됐다.

아버지와의 거리는 멀지 않았지만 발이 움직이지가 않았다. 겁을 먹고 있는 것이라고 인정할 수밖에 없었다.

"하아."

결국 반사영은 들고 있던 나뭇가지를 바닥에 내던져 버렸다. 도저히 움직일 수가 없었다. 그리고 겨우 이런 거하나 제대로 하지 못하는 자신이 한심하다는 생각이 들었다.

반적풍은 그런 반사영을 보며 더 이상 자극하는 행동이나 말을 하지 않았다.

처음부터 많은 걸 바라는 건 욕심이었다.

반적풍은 천천히 반사영에게 아주 기초적이고, 기본적인 것들에 대해서 가르쳐 주기 시작했다. 검을 잡는 손목의 각도, 발의 위치. 지금과 같이 비무를 벌일 때 어떻게 상대를 파악하는지에 대해서 말이다.

그건 타고난 머리나 무지막지한 내공을 지니고 있다고해서 배울 수 있는 게 아니었다. 경험이 많은 스승이 옆에서 지도해 줘야만 하는 것들이다. 그리고 반적풍은 그동안 아들에게 해 주지 못했던 아버지로서의 역할을 충분히 해 주고 싶었던 것이다.

그런 자신의 마음을 아들인 반사영이 조금이라도 알아주길 바라는 마음도 없지 않아 있었다. 그렇게 그날 하루가 빠르게 저물어 갔다.

기본적인 자세의 교정은 계속 이어졌다. 본래 기본기라는 건 아주 어린 시절부터 해 오는 것이 무림인들의 특성이다. 그래야 나중에 가도 본능적으로 그 자세가 나오기 때문이다.

하지만 반사영은 남들과는 다르게 머리가 총명했다. 그리고 의외로 운동신경이 나쁘지 않았다. 덕분에 반적풍이 만족할 수준이 되는 데 그리 오래 걸리지는 않았다.

기본자세를 배우고 나서는 내공을 운용하는 법을 일러 주었다. 그리고 자신의 단전에 저장된 엄청난 내공의 힘을 조절하는 법도 가르쳐 줬다. 반사영은 그런 부분에 있어서는 정말로 이해력이 빨랐다.

대개 무공을 배울 적에 몸으로 하는 기본기보다 더 어려운 부분이 내공을 운용하고 조절하는 부분이다. 하지만 반사영은 반대였다. 기본기를 배울 적에 버벅거리던 얼뜨기 같은 행동은 보여 주지 않았다.

툭.

반사영의 발 앞으로 목검이 굴러 왔다.

"이번에는 덤비기라도 하겠지. 그렇지?"

반적풍의 도발에 반사영은 무덤덤했다. 지난 사흘 동안 간간이 자신을 자극하던 아버지의 비아냥거림은 이제는 익숙해졌다.

반사영은 목검을 집어 들었다. 한낱 무명서생이 들기에 목검은 묵직했다. 아직도 익숙해지지 않은 그 물건을 잡고 자세를 취했다.

"하아압!"

비무에서는 내공을 운용하지 않기로 했다. 기본기도 완전히 숙달되지 않은 상태에서 처음부터 내공에 의존해서는 안 된다는 반적풍의 조언 때문이다.

파박!

순식간에 반적풍의 코앞까지 달려들던 반사영은 땅을 박차고 뛰어올라 목검을 대각선으로 내리그었다.

후왕!

목검이 허공을 갈랐다. 한 번에 치명타를 입힐 생각은 없었기에 반사영은 당황하지 않고 반적풍의 위치를 재빨리 찾았다.

"뭐하냐."

"……!"

그 짧은 시간에 반적풍은 반사영과의 거리를 벌려 놓았
다. 엄청난 움직임이다.

"저보고는 내공을 쓰지 말라면서, 뭐하는 짓입니까."

"너보고 쓰지 말라고 그랬지, 내가 쓰지 않는다고는 안
했다."

으드득.

아무리 아버지라지만 저 얄미운 입은 어떻게든 막아 버
리고 싶은 마음이 들었다.

반사영은 다시 반적풍에게로 달려들어 목검을 휘둘렀
다. 이번에 반적풍은 멀찌감치 도망가지는 않았다.

반사영은 아버지에게 배운 대로 목검을 휘둘렀다. 말
그대로 형식적이고, 정직하게 말이다.

"쯔쯧. 하품이 다 나오려고 그런다."

빡!

반적풍의 발이 반사영의 정강이를 시원하게 걷어차 버
렸다.

"내가 분명 말하지 않았나? 상대를 파악하고, 그때그때
마다 공격법을 바꾸는 거라고. 지금 네놈은 정말 말 그대
로 나는 여기를 공격할 테니 너는 재빨리 피해라, 라고 하
고 있지 않느냐."

하지만 반사영은 나름대로 최선이라 생각하고 목검을
휘두른 것이다. 그의 입장에서 보면, 아버지의 몸놀림이

빠른 것이지 자신에게 문제가 있는 거라고는 생각이 들지 않았다. 그렇게 목검을 휘두를 때마다 허공만을 가르자 점차 뭐가 문제인지를 알 것 같았다.

문제는 바로 발에 있었다. 무림인들에게는 보법이라고 불리는 그것을 활용하고 있지 못하고 있었던 것이다. 뻣 뻣한 자세로 상체만을 움직이며 상대에게 목검을 휘두르 니 맞을 리가 없었다.

반적풍이 정강이를 후려 찬 것도 다 그런 부분을 일깨 워 주기 위함이었다.

"제법 눈치가 없지는 않네."

그 뒤로 반사영의 몸놀림은 이전보다 훨씬 부드러워졌 다.

간간이 날카롭게 목검을 찌르고 들어오는 움직임도 보 여 줄 정도로 말이다.

하지만 반사영의 수준은 이제 겨우 걸음마를 뗀 정도였 다. 평범함과는 매우 다른 성장이었다. 대부분의 무림인 들은 지극히 어린 시절부터 이런 기본기를 배우는데 비해, 반사영은 이십 대 중반이다.

반면 남들은 중년이나 되어서야 얻을 수 있는 내공을 지니고 있었다. 엄청난 내공을 얻은 것에 비해 이처럼 간 단한 이치를 너무나 늦게 배우다니. 꽤나 특별한 과정을 겪고 있는 셈이다.

반 시진을 제멋대로 목검을 휘두르니 지치지 않을 수가 없는 노릇이다. 반사영은 바닥에 대자로 누워 뻗어 버렸다.

"이래도 비무가 멍청한 놈들이나 하는 짓거리라고 생각하는 거냐."

반사영은 대답할 힘도 없는 듯 거칠게 숨을 들이마시고 내뱉기만 했다.

머리로는 이미 무영살검류의 모든 구결과 이치를 깨닫고 있었다.

한데 그건 말 그대로 머릿속에만 존재하는 것이다.

어떻게든 몸으로 표현하지 않으면 쓸모가 없게 된다. 반사영은 아무 생각 없이 집어넣은 그 무공들이 직접 펼치기에 얼마만큼 어려운 것인지 깨달을 수 있었다.

지금 이렇게 아무런 초식도 없이 목검을 휘두르는 것만으로도 버거운데, 내공을 운용하면서 누군가와 비무나 실전을 벌이는 건 불가능한 일이다. 머리와 몸이 지극히 따로 놀고 있는 형국이었다.

"잘 들어 둬라. 제아무리 고강한 무공을 지니고 있다고 하더라도 경험이 부족하면 몇 수 뒤지는 무인에게도 얼마든지 패배할 수가 있는 법이다. 그건 학자와 무인에게도 통용되는 진리다. 제아무리 머리에 든 것이 많은 학자라 할지라도 그걸 써먹을 수 없다면 무용지물인 셈이지."

"……."

"초식을 펼치는 데 팔 할은 보법에서 나온다. 보법이 흔들리고 제 역할을 하지 못하면, 자연스럽지 못한 움직임으로 힘만 빼먹고 금방 지치게 된다."

반사영은 묵묵히 반적풍의 말을 듣고만 있었다. 반응이 없으니 반적풍으로서는 심심하기만 했다.

"해 떨어진다. 가서 저녁 차려야 하니 일어나라."

반사영이 말없이 일어서 터벅터벅 걷기 시작했다.

"내일부터는 무영살검류를 체계적이고, 논리적으로 배울 것이다."

반사영의 어깨는 축 늘어졌고, 반적풍은 그런 아들의 뒷모습을 보며 눈살을 찌푸렸다.

"너무…… 기를 죽였나."

하지만 자신이라고 이렇게 빠른 속도로 반사영에게 무공을 가르치고 싶을 리가 없었다.

중요한 건 짧은 시간 안에 중요한 것들을 얼마나 효율적으로 알려 주느냐다. 자신에게 허락된 시간이 얼마 남지 않았기에 하루하루가 중요했다.

"쿨럭!"

입 밖으로 한 움큼이나 검붉은 피가 흘러나왔다. 갑자기 내공이 물밀 듯이 빠져나가자 상태는 더욱더 안 좋아지기 시작했다. 마음이 점점 더 조급해져만 갔다.

스스슥.

반적풍의 신형이 순식간에 네 개로 늘어났다.

"커헉!"

옆구리로 목검이 찌르고 들어오는 걸 피하기란 불가능했다. 반사영은 통증을 느끼고 바닥을 나뒹굴었다.

"이게 바로 월야무영이다. 무영살검류의 초식을 펼치기 위해서는 반드시 월야무영을 온전히 네 것으로 만들어야 한다. 그렇지 못하면 초식이 제힘을 발휘하지 못하고 죽어 버리지."

"그냥 월야무영만 펼쳐 보였어도 되는 거 아닙니까."

얼굴을 가득 구기며 반사영은 힘겹게 몸을 일으켰다. 그런 그를 보던 반적풍이 씩 웃음을 머금으며 다시 몸을 움직여 달려들었다.

"끄윽!"

반적풍은 정확히 방금 찌른 부위에 목검을 가져다 댔다.

"어떠냐. 이번에는 월야무영을 사용하지 않은 채 가격했다. 힘의 세기는 똑같이 말이다."

반사영은 방금 전처럼 바닥을 나뒹굴지 않았다. 무릎만 반쯤 꺾였을 뿐이다.

통증이 훨씬 반감된다는 걸 느낄 수가 있었다.

"보법을 펼치는 데 있어서 가장 중요한 건 빠름이 아니다. 강약 조절. 근접거리에서 상대와 맞닥뜨릴 경우 순간적으로 빠르게 움직이기도 하지만, 자연스러운 흐름에 따라서는 느리게 움직이기도 하는 법이다."

그러기 위해서는 수천수만 번의 숙련된 훈련이 필요하다는 걸 반사영도 느끼고 있었다.

반복적으로 몸을 길들이지 않는다면 아버지와 같은 몸놀림을 펼치는 것은 불가능한 일이다.

어쨌거나 반사영은 본의 아니게 무림인으로서의 기본 과정을 배워 나가고 있었다.

그건 지금까지와는 너무나 다른 삶이었다. 낯설긴 했지만 이제 와서 외면할 수 있는 일은 아니었다. 어떻게든 할 수 있는 데까지는 노력이라는 걸 할 생각이었다.

안 하면 안 했지 직접 발을 담근 이상은 만족할 수준까지 밀어붙여야만 직성이 풀리는 성격이었다.

"얼추 삼십 년 가까이 됐을 거다."

반적풍이 무심한 투로 입을 열었다. 어느덧 해가 기울어 가고 있었다.

"나름 본 맹에서는 은밀한 일을 자주 맡다 보니 늘 부상을 당하고, 가끔은 작전을 함께하던 동료들과도 떨어져 혼자 살아남는 경우도 다반사였지."

반사영은 묵묵히 아버지의 이야기를 듣기만 했다. 어머니가 말한 아버지의 신분은 천검맹 말단 무인이었다.

하지만 반사영은 사실이 아니라고 받아들였다. 말단 무인이 이만한 무공을 지녔을 리가 없었다. 아무리 무림이라는 세상을 직접 경험해 보지는 않았다 하더라도 대충 눈치챌 수 있는 것이다.

"부상과 더불어 작전을 함께 실행하던 동료들과도 떨어져 여기로 왔지."

"어머니가 치료를 해 줬고, 그런 과정에서 젊은 두 남녀가 사랑에 빠졌다는 뻔한 이야기를 하실 생각입니까."

"아직 내 손에는 목검이 들려 있다는 걸 잊지 마라."

반적풍이 정말로 목검의 끝을 까딱거리자, 반사영의 몸이 움찔거렸다.

"처음에는 워낙 부상이 깊은지라 살아야겠다는 마음이 컸다. 네 엄마가 그렇게 빼어난 미모를 지닌 것도 아니었고."

"저 위에서 듣고 계시면 아주 좋아라, 하시겠네요."

"그 사람도 인정하는 바이니 크게 신경 쓰지는 않을 것 같구나. 사흘쯤 사경을 헤매다가 정신을 차려 보니 네 어미가 옆에서 지쳐 잠들어 있더구나."

"거기서 한눈에 뻑 간 거군요."

"책 좀 읽었다는 놈의 표현치고는 저급하구나. 그리고 한 번만 더 내 말에 끼어들면 죽는다."

반사영은 휘파람을 불며 딴청을 피웠다.

"사실 무림인은 살아가면 언제, 어느 때 목숨을 잃을지 모르는 생활의 연속이지. 해서 나는 절대로 가정을 이룰 생각은 없었다. 이건 정말 진심이었다. 그래서 그 사람에게서 느껴지는 감정을 애써 무시해 왔지. 하지만 지극 정성으로 나를 보살펴 주는 마음에 나도 그만…… 어쩔 수가 없었다."

"그래서 보쌈을 해 가셨다?"

"나를 만나기 얼마 전에 유일한 혈육이던 부친이 돌아가시자 혼자가 되어 나와 함께 도시로 올라온 것이다."

"거기에 강압적인 힘이 작용했습니까?"

"무슨 상상을 하는 거냐. 물론 서로가 합의하에 이뤄진 과정이다."

"그래서요?"

"그 사람은 나에 대해 아주 많은 부분을 이해해 줬고, 그리고 희생해 줬지."

"……."

"늘 미안했다. 네가 태어나던 날에도 난 천검맹에 있었고, 처음으로 걸음마를 떼던 그날도, 네 어미가 아프고 외로워하던 수많은 날들의 대부분 난 곁에 있어 준 적이 없었다. 그건 어쩌면 정해진 수순이었을 테지. 무림인을 사랑한 여인으로서 겪어야 할 당연한 현실 말이다."

가슴이 먹먹해지는 반적풍과는 달리 반사영의 입술이 뒤틀렸다.

"변명을 늘어놓을 거라면 그만하시죠. 늘 밖에서 누군가를 기다리던 모습을 지켜보며 자란 제 앞에서는 그저 자기합리화일 뿐이니까요. 책임지지도 못할 거면서, 제대로 지켜 주지도 못할 거면서 어머니를 택하신 건…… 이기적인 행동이었으니까."

"……."

반적풍으로서는 입을 다물 수밖에 없었다. 반사영의 말대로 지금 자신은 변명을 늘어놓고 있는 중이었으니까. 자신을 원망만 하고, 닫혀만 있는 마음의 문을 열기 위해서였다.

"그만하죠. 이런 진부한 얘기는."

"나도 안다. 내가 지금 얼마나 뻔뻔한 이야기를 하고 있는지. 지금 와서 이런 말을 한다고 달라지는 건 아무것도 없다는 것을. 하지만 지금이 아니면 영원히 못할 것 같다는 생각이 들더구나."

"……."

"미안하다는 말…… 네 어미에게도, 너에게도 꼭 하고 싶었다. 이 말은 내 진심이다."

반사영은 끝내 뒤돌아보지 않고 먼저 산을 내려갔다.

"이제 와서…… 너무 늦었어요, 아버지."

반사영은 혼잣말로 중얼거렸다. 어느새 눈물로 앞이 뿌옇게 변해 버렸다.

이런 모습을 보여 주기 싫어 매정하게 뒤돌아보지 않았던 것이다. 아버지의 말이 진심이라는 건 누구보다 잘 알고 있었다.

하지만 쉽게 마음의 문을 열기엔 지난 시절의 아픔과 외로움이 너무나 크게 자리를 잡고 있었다.

반사영의 수련은 다음 날 이어지지 못했다. 두 부자 사이의 어색한 분위기 때문만은 아니었다. 반적풍의 몸 상태가 지극히 심각한 상태에 이르렀기 때문이다. 반사영에게는 대충 둘러대고, 혼자 산에 올라 수련을 하고 오라는 말만 했을 뿐이다.

반사영이 집을 떠나자, 반적풍은 가부좌를 틀고 앉아 자신의 몸을 점검하기 시작했다. 이미 상체는 물론 하체마저 몸이 썩기 시작했다.

그 속도는 예상보다 더 빨랐다. 지금까지는 반적풍 스스로가 지닌 내공으로 인해 속도를 늦출 수 있었던 것이

다. 하지만 반사영에게 전해 준 내공의 양은 삼분지 이에
해당했다.

전부를 주고 싶었지만 그럴 수 없었던 이유는 간단했
다. 갑작스럽게 내공이 빠져나가면 그만큼 몸에 중독된
독이 퍼지는 걸 막아 낼 수가 없었기 때문이다.

전부를 줬더라면 이미 시신이 되었을 것이다.

자신이 중독된 독은 육체에만 머무르고 있는 것이 아니
었다.

이미 몸 안에 장기들마저도 독이 침투해 버렸다. 지금
가지고 있는 내공으로는 사흘을 버텨 내는 것도 기적이
다.

내색은 하고 있지 않았지만, 이미 몸 상태는 최악으로
치닫고 있었다. 몸이 급속도로 피곤해지자 졸음이 몰려왔
다.

왠지 눈을 감으면 다시는 눈을 뜰 수 없을 것 같은 기
분이 들어 밖으로 나왔다.

마당이 보이는 곳에서 반적풍은 반사영이 돌아오길 기
다렸다.

"그만 나오시죠, 선배."

한참 동안을 멀뚱멀뚱 눈만 깜빡거리던 반적풍이 중얼
거리자, 지붕 위에서 그림자 하나가 튀어나와 마당으로
내려앉았다.

"이런, 명불허전이라는 말이 괜히 생긴 게 아닌 모양이야."

반적풍의 미간이 일그러졌다. 자신이 알고 있던 사람이었지만 풍기는 분위기는 달라져 있었다.

"혹시……."

"맞아. 자네가 생각하는 게."

"언제부터였습니까."

"처음부터. 난 뼛속까지 그들 편에 있던 놈이지. 모든 게 계획되어 있던 일이다. 자네 아들을 이곳으로 보낼 것도 알고 있었지."

"아내를 그렇게 만든 건 선배가 아니길 바랄 뿐입니다."

"후후후. 아직 내게서 과거의 나를 볼 생각인가. 몸 둘 바를 모르겠군. 하긴, 자네가 내 생명을 구해 준 적이 여러 번 있었지. 곧 후회하게 될 거야. 그때 죽도록 내버려두지 않은 것을."

"곧 죽을 몸입니다. 굳이 선배가 나서지 않아도 말입니다."

"여러모로 확실한 게 좋은 거니까. 그리고 자네…… 아직 내공을 남겨 두고 있지 않나. 예나 지금이나 조심성이 많은 건 여전하군."

곽씨, 아니 곽대우(廓大禹)는 비릿한 웃음을 흘렸다.

"선배야말로 단전이 파괴되었다는 건 거짓이었군요. 이런 살기를 뿜어낼 정도로 멀쩡한 것을."

"후훗. 천검맹에서 나올 때 연기하느라 애 좀 먹었지."

"그 모든 게 저를 죽이기 위함이었습니까."

"뭐, 그런 셈이지."

"제 아들놈까지 말입니까?"

"그건…… 자네를 처리하고 난 뒤에 고민해 볼 생각이네."

곽대우의 양손에 파란빛이 감돌았다.

"어디 얼마나 버티는지 좀 볼까?"

반사영은 수련을 하러 산을 올랐다. 돌아오려면 시간이 꽤나 걸릴 것이다. 어떻게든 그 시간까지는 버텨야만 했다.

반적풍은 남은 내공을 끌어 올렸다.

지금 상태로 곽대우를 죽이는 일은 불가능하다. 불과 며칠 전이라면 곽대우 정도의 목숨을 끊는 건 일도 아니었다.

좀 더 조심을 했었어야만 했다.

스스슥!

반적풍은 월야무영을 펼쳤다. 그 순간 곽대우의 눈에는 그의 신형이 네 개로 보였다.

곽대우가 아는 한 월야무영은 최고의 보법임에는 틀림이 없었다. 하지만 곽대우는 여유가 있었다. 함께 사선을 넘으며 지내 왔던 반적풍이다. 그의 작은 습관도 기억하고 있었다.

쉬리릭!

어느새 뽑힌 반적풍의 검 끝은 허공을 갈랐다. 곽대우의 몸이 핑그르르 돌아서 그의 검을 피했다.

그리고 이어지는 반격.

내공으로 무쇠보다 단단해져 있는 곽대우의 주먹이 반적풍의 등 뒤를 가격했다.

쾅!

"이거야 원, 그동안의 명성은 다 어디로 간 건가."

반적풍의 무릎이 꺾여 있었다. 하지만 표정에는 아무런 변화가 없었다. 그의 검이 낮게 깔려 그어졌다. 검의 궤적이 정확하게 곽대우의 종아리를 베었다.

"크윽!"

방심하던 곽대우는 재빨리 피한다고 피했지만, 피를 봐야만 했다.

"조금…… 분발하셔야겠습니다, 선배."

반적풍의 입꼬리가 말려 올라갔다.

수련을 하러 간다고 했지만, 반사영은 산을 오르지 않았다. 자신의 애제자인 소아네 집으로 향했다. 조금 피곤하다며 함께 수련 장소로 가지 않은 아버지를 위해서였다. 그저 눈치로도 아버지의 건강 상태가 좋지 않음을 느낄 수 있었다. 입술은 퍼렇게 물들어 있었고, 얼굴은 핏기가 없었다.

아마 갑작스럽게 엄청난 양의 내공이 빠져나간 탓이라고 추측만 할 뿐이었다.

반사영은 소아의 어머니에게 보양식을 좀 만들어 주길 부탁했다.

평소 소아에게 글을 가르쳐 주는 데 고마워하고 있던 소아의 모친은 흔쾌히 음식을 만들어 줬다.

"요즘 매일 어딜 그렇게 가세요?"

반사영은 아이들을 가르치고 나면 바로 반적풍과 산을 올랐다. 소아의 입장에서 존경하는 반사영의 변화된 행동에 관심이 갈 수밖에 없었다.

"운동하러."

"여러 번 봤어요. 해가 지고 나면 돌아오는 스승님을요. 그런데 얼굴이 항상 피곤해 보이고, 지쳐 보였거든요."

"세상에 쉬운 게 없다는 걸 좀 배워 가고 있는 중이다."

"네?"

반사영은 자신의 말을 알아듣지 못하고 눈을 동그랗게 뜨는 소아의 머리를 쓰다듬어 줬다.

"소아는 아버지의 얼굴을 기억하고 있어?"

"아뇨…… 잘."

소아가 태어나던 해 아버지가 돌아가셨다. 어쩌면 처자식을 버리고 도망갔을 수도 있었다. 마을 사람들이 수군거리던 걸 반사영도 들은 적이 있다. 소아라고 해서 그런 이야기를 못 들었을 리가 없었다. 나이는 어려도 또래 아이들보다는 좀 성숙하고, 총명한 아이다.

"아버지가 원망스러울 때가 있겠구나."

"원망하지 않아요."

"왜 원망하지 않지?"

"누구의 잘못도 아니니까요."

반사영은 잠시 어안이 벙벙한 얼굴을 하고 있다가 이내 빙긋 웃었다. 누구의 잘못도 아니다? 이 어린아이도 알고 있는 진리를 스승인 자신은 잊고 있었다는 생각에 기가 막혔다.

반사영이 다시 한 번 기특하다는 듯 소아의 머리를 쓰다듬어 주자, 소아의 모친이 음식을 가지고 나왔다.

"감사합니다."

"아버지께서 몸이 좋지 않으신 모양이에요."

"네, 뭐."

"이걸 드시고 좀 괜찮으셨으면 좋겠네요."

반사영은 아직도 아버지가 원망스럽고, 마주 보고 있으면 어머니가 생각나 괴로웠다. 하지만 자신에게 목숨보다 소중한 내공을 줬기 때문에 기력이 쇠해졌다고 생각하니 기분이 묘했다.

원한 건 아니지만 그 중요한 내공을 받은 것에 미안함이 들 수밖에 없었다.

소아 모친의 바람대로 아버지가 이 음식을 먹고 조금이라도 기력을 되찾기를 바랐다. 아픈 사람을 미워해 봤자 자신만 옹졸한 인간이 될 테니까 말이다. 들뜬 마음으로 반사영의 걸음이 집으로 향했다.

반사영은 들고 있던 요리를 바닥에 떨어트렸다.

마당은 이미 짙은 혈향으로 가득하다. 누군가의 피로 땅바닥이 흥건히 젖어 있었다.

그 중심에서 두 사람이 서로를 노려보고 서 있다.

두 명 다 반사영이 알고 있는 사람들이다. 한 명은 아버지다. 아버지 반대편에 있는 남자는 곽씨다. 이 마을에서 자신과 알고 지내던 순박한 농사꾼의 모습이 아니다.

그의 몸에서는 가공할 기운이 뿜어져 나오고 있었다.

반사영은 몸을 부르르 떨었다. 지금 상황이 단번에 이해
가 가지 않았다. 왜 두 사람이 이렇게 잔인한 싸움을 벌이
는지도 이해가 가지 않았다. 가장 큰 충격은 곽씨 아저씨
가 무림인이었다는 사실이다.

저렇게 엄청난 기운을 지닌 사람이 이 시골 마을에서
농사나 지으며 살고 있었다니.

"아……버지."

반적풍의 몰골은 가히 처참한 지경에 이르렀다. 옷은
넝마가 돼 있는데다 몸의 절반은 피로 얼룩이 져 있었
다.

"끌끌. 이제 자네 아들이 왔으니 끝을 낼 때가 왔군."

짐짓 여유를 부려 보지만, 곽대우도 출혈이 심했다.
반적풍이 이렇게까지 버텨 낼 줄은 상상도 못했던 일이
다.

독에 중독된 상태인데다가 지닌바 내공도 바닥인 그가
자신과 이토록 호각을 다툴 것이라고는 생각지도 못했
다.

가히 충격적인 일이다. 만약 반적풍을 죽이는 일을 조
금만 더 서둘렀다면, 이미 자신은 이 세상 사람이 아니었
을 것이다.

그동안 같은 편에서 활동하느라 모르고 있었다. 반적풍
이 지닌 막강한 힘을 말이다. 그는 타고난 무인이자, 살수

였다.

하지만 이제는 반적풍도 한계를 드러내고 있었다. 더이상의 이변은 없을 것이다.

"너는 뭐하고 있느냐. 어서 도망치지 않고."

"그, 그게 무슨 말입니까. 아버지가 그 모양인데 아들인 저보고 비겁하게 도망이나 치라는 말입니까."

"네까짓 게 무슨 도움이 될 것 같으냐."

반적풍은 입가에 흐르는 핏물을 닦으며 비웃음을 흘렸다. 반사영은 입술을 잘근 깨물었다. 이미 몸 안에 내공이라는 게 존재하고, 아버지가 준 무공에 대한 지식도 머리에 존재했다.

한데 이걸 어떻게 다뤄야 하는지에 대해서는 아는 바가 없다. 머리가 좋고, 나쁘고의 문제가 아니다.

한 번도 경험해 보지 못했던 상황에서 반사영은 어찌할 바를 몰랐다.

그사이 곽대우가 몸을 움직였다. 그의 목표는 반적풍이 아닌 반사영이다. 곽대우는 이번 행동으로 반적풍을 끝낼 심산이었다. 반적풍도 동시에 몸을 날렸다.

곽대우는 달려드는 척하다가 품에서 암기를 꺼내 날렸다.

째애액!

날카로운 소음을 내며 두 개의 비도가 정확히 반사영의

심장을 노리고 달려들었다. 반사영의 두 눈이 부릅떠졌다.

분명 머리는 움직이라고 강한 경고음을 보내고 있음에
도 불구하고 발은 움직이지가 않는다. 온몸이 돌처럼 굳
어 있었다. 이대로는 죽는다. 죽을 것이 뻔했다. 피해야만
한다.

반사영의 눈동자가 우측으로 돌아갔다. 반적풍이 달려
오는 모습이 보였다. 암기와 동등한 속도였다.

동시에 반사영은 아버지에게로 주먹을 내지르는 곽씨의
모습도 봤다. 아버지에게 피하라는 말을 해 주고 싶었다.
하지만 입조차 벌어지지 않는다. 스스로가 생각해도 한심
할 지경이다.

반적풍의 검 끝이 아슬아슬하게 비도의 방향을 틀었
다. 그중 하나는 반사영의 어깨에 박혔다. 그래도 목숨
은 살릴 수 있었다. 물론 반적풍의 희생이 따라야만 했
다.

쾅! 쾅! 쾅!

둔탁한 무엇인가로 건물을 때려 부수는 소리가 울렸다.
반사영은 처음으로 날카로운 것에 찔린 고통에 몸부림치
면서 그 광경을 두 눈에 담았다.

곽대우의 주먹에 맞은 반적풍은 입 밖으로 피를 한 움
큼 토해 냈다. 기혈이 뒤틀리고, 내장이 파괴되어 버렸다.
흔들리는 초점에서도 그는 아들의 안위를 살폈다.

"미안하네. 내가 할 수 있는 배려는 고통을 멈추게 해 주는 거라고 생각하네. 잘 가시게."

곽대우의 양손이 살짝 반적풍의 머리에 올려졌다.

펑!

한 호흡을 들이쉬고 내뱉을 시간이었다. 그 짧은 시간 이 지나자 반적풍의 머리가 날아갔다.

"아…… 아……."

반사영은 어깨에 박힌 비도로 인한 고통을 잊어버렸다. 아버지의 머리가 터져 버린 모습은 모든 감각을 마비시키 는 것 같았다.

충격으로 어떤 말도 나오지 않았다.

그런 그에게 곽대우가 느릿한 걸음으로 다가왔다.

"미안하다는 말은 하지 않으마. 나와 네 아비가 사는 세상은 본래 이렇게 잔혹한 것이니. 분하고 억울하다면, 훗날 네가 강해져서 내 심장에 검을 박아 넣어라."

그 말을 끝으로 곽대우는 점혈을 눌러 반사영을 기절시 켰다. 그러고는 유유히 사라졌다.

추적추적 비가 내렸다.

마른 땅도 빗물로 인해 질퍽였다. 반사영은 누런 천으

로 꽁꽁 싸맨 시신을 등에 업은 채 산을 올랐다. 반사영이 눈을 떴을 때는 이미 날이 어두워져 있었다.

신기한 건 몸에 박혀 있던 비도가 온데간데없이 사라져 있었다는 것이다. 게다가 그 자리에 있을 상처마저도 없었다. 마치 꿈을 꾼 게 아닐까, 라는 착각이 들 정도였다. 하지만 역시나 꿈은 아니었다.

아버지는 멀쩡하지 못한 시체로 버려져 있었고, 곳곳에는 치열했던 두 무인의 흔적들이 가득했다.

반사영은 자신에게 들이닥친 현실을 받아들이기가 힘들었다. 그저 마을 농부였던 곽씨가 무림인이었다는 것과 아버지를 이토록 잔인하게 죽인 장본인이라는 게 아직도 믿기지가 않았다.

더 가슴 아픈 건 아버지마저도 이제 자신을 떠났다는 것이다.

자신을 세상에 태어나게 해 준 두 사람은 영원히 만날 수 없는 곳으로 떠났다.

이제 이 세상에 정말로 홀로 남겨진 것이다.

반사영은 머리가 터지는 순간까지도 쥐고 있던 검을 시신과 함께 묻었다. 무인에게 자신의 무기란 하나의 신념이고, 자긍심이라고 알고 있었다.

아버지는 아들을 지키다가 목숨을 잃었다. 한데 그 순간에도 자신은 그저 힘없이 지켜만 봐야 했다.

반사영이 괴로운 건 바로 그 때문이다. 무력감. 가장 자신을 사랑해 주던 어머니가 돌아가실 적에도 반사영은 아무것도 할 수 없었다.

반사영은 무덤 앞에 무릎을 꿇은 채 흐느껴 울기 시작했다. 그의 절규는 날이 새도록 이어졌다.

반사영은 자신이 글을 가르치던 아이들을 모두 돌려보냈다. 그러고는 그동안 읽어 왔던 무림에 관한 책 몇 권을 행낭에 챙겨 넣었다.

그건 아버지가 이곳으로 왔을 적에 들고 왔던 것이다. 안에는 상한 육포와 옷 몇 가지, 그리고 천검맹에 반사영을 추천하는 추천서가 있었다.

반사영은 대충 자신의 옷을 구겨 넣고 마당으로 나왔다. 지금껏 살아오면서 재물이나 명예, 권력에 욕심이 없었다. 그저 배움이 좋았고, 그것에만 의존해 왔다.

하지만 힘이 필요함을 느꼈다. 그는 자신이 절정 무인으로 성장할 수 없다고 생각했다. 그렇기에 본인이 있는, 가질 수 있는 힘의 종류는 무력이 아니다.

지금까지 욕심을 내지 않았던 재물, 명예, 권력을 손에 넣고 싶었다. 그래서 복수를 할 생각이었다.

상대는 무림인이었으니 무림이라는 세상 속에서 살아야
만 했다.

어쨌거나 아버지의 뜻대로 천검맹으로 가기로 결정을
내렸다. 반사영은 그동안 지내 왔던 집을 둘러봤다.

그는 이 집을 마을 사람들에게 조건 없이 주기로 촌장
에게 말해 둔 터다. 쌓아 두었던 책은 아이들에게 도움이
될 것이다.

그 아이들에게 자신이 없어도 이곳이 훌륭한 배움의 터
전이 되기를 바랐다.

대문을 열고 나오자 소아가 기다리고 있었다. 소아는
얼마나 울었는지 눈이 퉁퉁 부어 있었다. 반사영은 애써
웃으며 소아를 안아 올렸다.

"서운하냐."

소아는 고개를 끄덕이더니 다시 울음을 터트릴 기세였
다.

"멋진 한량은 슬플 때 웃을 줄 알아야 한다. 알겠
지?"

마치 자기 자신에게 하는 말 같았다.

"네…… 스승님."

소아는 힘없이 대답했다. 울지는 않았지만, 그렇다고
웃지도 않았다.

"자, 이제 저 안에 있는 책으로 열심히 학문에 매진하

는 일만 남았구나. 다음에 만났을 때는 멋진 한량이 되어
있어야 한다."

반사영은 소아에게 손을 흔들며 희미하게 사라져 갔
다.

3장.
혼자만의 수련

"쓰읍."

반사영의 미간이 구겨졌다.

"분명 방금 지났던 길인데."

촌에서 도시로 상경하는 풋내기 선비처럼 그는 지도와 주변을 번갈아 둘러봤다.

아무리 살펴도 분명 어제 지났던 길이다. 그건 틀림이 없었다. 기억력 하나는 누구도 자신을 따라올 수 없었다. 문제는 그 탁월한 기억력이 길을 찾아 나서는 것에 엄청난 도움을 주지 못하고 있다는 데 있다. 자신의 기억이 확실하다고 믿는 반사영으로서는 지금 엄청나게 곤혹스러운 상황을 맞이하고 있었다.

"길을 잃어버린 건가."

허탈한 얼굴을 하고서 반사영은 자리에 털썩 주저앉았
다.

"이럴 리가 없는데."

분명 지도를 보고 제대로 왔다. 자신이 바보도 아니고,
지도에 나와 있는 대로 길을 찾으면 되는 이토록 쉬운 일
을 못 할 리가 없다. 반사영은 그렇게 믿어 의심치 않았
다.

"지도가 잘못된 거네. 빌어먹을."

반사영은 절대로 스스로가 타고난 길치, 방향치인 걸
인정할 수 없었다. 그건 그의 자존심이 허락하지 않는 일
이다. 이처럼 명석한 머리를 타고난 자신이 기껏 길 하나
못 찾고 헤맨다는 게 말이 안 되었다.

하지만 날이 어둑어둑해지자 자신의 실수를 인정하고
받아들일 수밖에 없었다.

태어나 매일같이 거기서 거기인 작은 동네에서만 다녔
다. 방에 틀어박혀 책만 팠고, 바깥 구경을 등한시해 왔
다. 태어나고 자란 곳도 그다지 번화한 도시가 아니었다.
당연히 이처럼 홀로 어딘가를 찾아가는 일에는 영 서툴렀
다.

"하…… 하하하!"

지내던 마을을 떠난 지 반나절 만에 길을 잃었다. 정말

이지 어처구니가 없었다. 자신이 생각해도 우물 안 개구리였던 것이다.

그렇다고 주저앉아 어린애처럼 울 수도 없는 노릇이다. 그런 짓을 한다고 누군가가 나타나서 도움을 줄 리도 없고 말이다.

그저 좋은 머리로 지도를 열심히 보며 연구해서 앞으로 나아갈 수밖에 없었다.

"이 길이 저길 같고…… 돌아 버리겠네."

그러고 보니 밖에서 노숙이라는 걸 해 본 경험이 없는 반사영이다.

이대로 가다가는 밤이 되어도 목적지인 인가를 찾는 일이란 불가능하다. 갑자기 노숙을 할 생각을 하니 피가 거꾸로 솟는 기분이 들었다.

"집 나오면 개고생이라더니. 큰일이네."

갑자기 조급해졌다. 노숙을 하기 위해서 뭐가 필요한지조차 몰랐다.

"……!"

그때 귓가로 금속음이 부딪히는 소리가 들렸다. 이미 오감은 절정 무인들을 능가하는 반사영이었다. 소리가 미세하게 들리는 걸 보니 한참이나 멀리서 싸움이 벌어지는 것 같았다. 그 소리를 좇아 반사영은 부지런히 걸어갔다. 신법을 발휘할 수도 있었지만, 아직은 걷거나 뛰는 것이

편한 그였다.

일각 정도 걷자 소리가 점차 커져만 갔다.

"휘유우!"

반사영은 입을 떡 벌리고 언덕 아래 벌어진 참상을 내려다봤다.

집단과 집단을 이루는 무리가 병기를 들고 엉겨 붙어 싸우고 있었다. 그 광경은 말로 표현 못할 정도로 참혹했다. 반사영의 눈에는 누가 아군인지, 적군인지조차 모르고 싸우는 것처럼 보였다.

옷차림은 동물들의 가죽으로 걸쳐 입은 걸로 보아 이 산자락에서 주둔하는 산적들로 보였다. 반사영은 잔인하지만 눈을 뜨고 싸움을 지켜봤다. 그리고 그들의 움직임을 세밀하고 자세하게 살폈다.

뭐든 도움이 될 것이 있으면 하나라도 더 배울 작정이었다.

하지만 반사영의 눈에 저들의 움직임은 너무나 형편없었다. 느리고 부드럽지도 않았다. 그건 그의 오감이 극도로 발달되었기 때문이다. 하지만 정작 자신보고 저들 무리에 껴서 싸우라고 한다면?

'아직은 무리겠지.'

냉정하게 말해서 아직은 불가능한 일이다.

그렇다고 해서 지금 이 상태로 천검맹으로 갈 수는 없

는 일이다. 정확하게 말해서 세상으로 나갈 준비가 덜 되어 있었다.

아버지에게 배운 기초만으로는 불가능했다. 크게 경험해 보지 않았지만, 무림이라는 곳은 만만치 않을 것이다.

언제 어떤 사건에 휘말려 검을 들어야 할 상황이 올지 모르는 일이다.

발을 담그지 않았으면 모를까, 이미 무림이라는 세상으로 나아가려고 마음을 먹은 이상 어느 정도는 준비를 하는 것이 옳았다.

그 시험을 하기에 저들은 어쩌면 하늘이 준 기회일지도 몰랐다. 예전의 자신이라면 당장이라도 이 자리를 피했을 것이다. 하지만 지금은 어느 정도 자신감이 있었다. 저들의 움직임이 답답할 정도로 느리다는 게 자신감을 갖게 된 이유였다.

"후우! 후우!"

크게 심호흡을 하며 싸움이 끝나길 기다렸다. 연습 상대를 하기에 저들의 숫자는 많았기 때문이다.

일각 정도 시간이 흐르자, 두 세력 간의 싸움은 끝을 향해 달려가고 있었다. 어느 한쪽이 다른 한쪽을 모조리 죽일 때까지 끝나지도, 멈추지도 않았다.

하나도 놓치지 않기 위해 긴장 어린 눈으로 지켜보느라 반사영은 시간이 가는지도 몰랐다.

눈살을 찌푸리기도 하다가 '그렇지. 그래, 그거야.'라고 하며 심하게 몰입해 가고 있었다.

그러길 여러 차례, 드디어 격전이 끝났다. 승리한 쪽에서는 함성을 내지르며 자기들끼리 자축하기 바빴다. 반사영은 자신이 나서야 할 차례가 왔음을 느꼈다.

한차례 격전을 치러 체력이 떨어진 자들을 연습 상대로 정했다는 것이 미안하기도 했지만, 엄연히 저들은 힘없는 자들을 괴롭히는 산적 무리일 뿐이었다.

그렇게 생각하니 죄책감 같은 건 싹 사라졌다.

"어이!"

빠르게 전리품을 챙기던 산적들의 손이 일시에 멈췄다.

"흠, 흠. 동작 그만."

"뭐냐, 너는."

남은 산적들의 수는 일곱이었다. 조금 가까이서 그들을 마주하고 서 있자니 머릿수가 주는 압박감이 생각보다 강해짐을 느꼈다.

"덤벼라."

"……?"

누가 봐도 굉장히 어색한 상황이었다. 이런 상황을 맞이한 산적들도, 만들어 낸 반사영도 당혹스럽기는 매한가지였다. 반사영은 자신이 읽었던 무림서에서 본 그대로를 따라 했을 뿐이다. 반사영과 산적들은 한동안 멍하니 서로를 쳐다보기만 했다.

"덤비라니까, 이 자식들아!"

반사영은 혼신의 힘을 다해 소리쳤다.

산적들은 아직도 어안이 벙벙한 표정이었다. 마치 뭘 어떻게 반응해야 하는지에 대해 갈피를 못 잡는 것 같았다. 하지만 이내 정신을 차린 그들은 반사영이 자신들에게 시비를 걸고 있다는 걸 깨달았다.

왜소한 체구에 한 대 툭 치면 뼈가 부러질 만한 체형을 지닌 반사영은 산적들에게 좋은 먹잇감이나 다름없었다. 제 발로 굴러 들어온 돈줄을 거부할 리가 없었다.

"막내야, 빨리 치워라."

우두머리로 보이는 사내의 명령에 반사영과 나이대가 비슷해 보이는 자가 앞으로 나섰다.

"알겠습니다, 형님."

얼굴 가득 미소를 품은 사내는 병기도 들지 않고 맨몸으로 반사영에게 다가갔다.

"무기 안 들고 덤비게? 후회할 텐데?"

"또라이 새끼."

"또라이? 설마 지금 나한테 한 말은 아니지?"

태어나 가장 모욕적인 말을 들은 반사영의 눈이 부릅떠졌다.

사내는 갑자기 나타나 이런 상황을 만든 게 굉장히 짜

증나고 불쾌했다. 이제 막 승리의 전리품을 재빨리 챙겨야 했기 때문이다. 눈치껏 몰래 값비싼 물건이 있으면 빼내야만 했다. 하지만 한주먹거리도 안 되는 놈이 나타나 그 기회를 날려 버렸다.

"쉽게 끝낼 생각은 마라."

그의 주먹이 쭉 뻗어져 반사영의 얼굴로 향했다.

쉬익!

공기를 가르며 나아간 주먹은 허공을 갈랐다. 당연한 일이다. 반사영이 아직 실전 경험이 전무하다고 하지만 맞아 주기에 산적의 주먹은 너무나 느렸다.

문제는 반격을 가해야 하는데, 몸이 제대로 따라 주지 않는다는 것이다.

산적의 입장에서는 자신이 긴장을 너무 하지 않았나, 라는 생각이 들었다. 그렇지 않고서야 이 비쩍 마른 놈이 주먹을 이처럼 가볍게 피할 리가 없었으니까. 산적은 마음이 조급해졌다.

전리품도 못 챙긴 마당에 이런 비실이를 제대로 처리하지 못하면 그만한 망신살도 없는 일이다.

"이익!"

가까이 붙어 주먹과 팔꿈치를 연속으로 휘둘렀지만, 반사영은 미꾸라지처럼 피해 냈다.

"너무 느리다고."

다시 한 번 같은 공격을 피해 낸 반사영은 정말이지 반사적으로 주먹을 휘둘러 산적의 복부를 가격했다.

"커헉!"

그저 가볍게 쳤을 뿐이다. 갖다 대기만 할 셈이었다. 한데 산적의 눈이 뒤집히더니 바닥을 나뒹굴었다.

때려 놓고도 반사영은 놀랐다. 그저 약간의 힘만 줬을 뿐이다. 분명 의식적으로 그렇게 생각했는데, 의외의 결과가 나오자 당혹스러웠다.

산적 무리의 움직임이 다시 한 번 멈췄다. 막내라고 하지만 어디 가서 싸움으로 꿇릴 정도는 아니었다. 그런 막내가 당했다면 가볍게 여길 일이 아니다. 일시에 동작을 멈추고, 각자 병기를 고쳐 쥐었다.

"아…… 하하!"

갑자기 분위기가 바뀌자 반사영은 심장이 터질 것만 같았다.

"배운 대로 하자…… 배운 대로만 하자."

"저 새끼가 지금 뭐라고 씨부리는 거냐."

반사영은 심호흡을 하며 검을 뽑아 들었다. 어디에서도 흔히 볼 수 있는 평범한 검이다. 아버지의 유일한 유품이기도 했다.

막내를 제외한 여섯 명의 산적들이 일제히 반사영을 빙 둘러쌌다.

한 명, 한 명씩 덤벼들 거라고 생각하던 반사영의 계획에 차질이 빚어졌다.

이들이 동시에 공격해 들어오면, 자신은 어떻게 반응해야 할지 대책이 서지 않았다.

검을 들고 있는 손이 덜덜 떨렸지만 티를 내지 않기 위해 이를 악물고 버텼다. 상대에게 자신이 겁을 먹고 있다는 걸 보여 주고 싶지는 않았다.

서서히 산적들이 포위망을 좁혀 들어왔다. 이대로라면 자신의 몸은 난도질당할 것이다.

고민은 길지 않았다. 따로 누군가에게 배운 적은 없지만 이런 상황에서 선택할 수 있는 건 많지 않았다.

먼저 공격하는 것.

"으아악!"

반사영이 요란하게 기합을 내지르며 검을 휘둘렀다.

내공을 끌어 올린 탓인지 움직임이 배는 빨라져 있었다. 게다가 보법도 잊지 않고 밟았다.

촤악!

산적들이 막거나 피할 수 있는 검 놀림이 아니었다. 반사영의 검에 두 사람이 피를 봐야만 했다. 반사영은 재빨리 절벽 쪽에 등을 가져다 댔다. 아무래도 등 뒤에 누군가 없는 것이 싸우는 데 편할 거라는 판단에서였다.

별로 움직이지도 않았는데, 등 뒤로 식은땀이 흘러내려

있었다.

극도의 긴장감으로 인해 머릿속은 백지장처럼 하얗게 되어 버렸다.

동료가 피를 흘리며 쓰러지자 나머지 산적들의 살기가 진동했다. 당장이라도 반사영을 죽일 듯 노려보기 시작했다.

오히려 반사영에게는 싸움을 유리하게 이끌어 갈 만한 상황 전개였다.

의도한 바는 아니지만 이성을 잃은 산적들의 공격은 서툴고 난잡해졌다.

나름 반적풍에게 기초를 배운 반사영의 눈에 그들은 어설프게만 보였다.

쌔액!

어깨를 찌르고 들어오는 검 끝을 허리를 숙여 피하고, 반격에 나섰다.

빠악!

가까운 거리이기에 팔꿈치로 산적의 턱을 후려쳤다.

푸욱!

그사이에 날아온 단검이 반사영의 허벅지에 꽂혔다.

"끄윽."

단검이 박힌 부위가 화끈거렸지만 아픔을 느낄 새가 없이 바닥을 나뒹굴어 다음 공격을 피했다. 상대가 흔들리자 산적들은 신들린 듯 자신들의 병기를 휘둘러 반사영을 공격하기 시작했다.

예상치 못하게 상처를 입자 반사영은 냉정을 되찾기가 어려워졌다.

퍼억, 퍽, 퍽!

정강이를 걷어차여 반사영이 중심을 잃고 쓰러지자, 득달같이 산적들이 일제히 그를 밟기 시작했다.

한참을 그렇게 얻어맞고 있으니 정신이 혼미해지기 시작했다. 태어나 누군가에게 이토록 무자비하게 맞아 본 적이 없었다. 허벅지에 박힌 단검으로 인한 통증과 더불어 구타를 당하니 냉철한 이성은 사라졌다.

번뜩.

대신 본능이 깨어났다. 복부를 가격하던 산적의 발목을 잡고는 손에 내공을 흘려보냈다.

빠각!

뼈 부러지는 소리와 함께 산적이 비명을 지르며 쓰러졌다. 자리에서 벌떡 일어난 반사영의 눈빛은 지독하리만치 차갑게 빛나고 있었다. 동물적인 감각이 깨어났다.

검을 든 손에 힘이 들어갔다. 저들을 죽이지 않으면 자신이 죽는다. 머릿속은 온통 그런 생각으로 가득 차 버렸다.

훅! 쉭!

푸우욱!

반사영이 정신을 차렸을 때, 산적들 중 살아남은 이는 단 한 명뿐이었다.

반사영의 검 끝이 마지막 남은 산적의 턱 언저리에서 멈췄다.

"너희…… 본채가 어디 있냐?"

부들부들.

검 끝은 한 치의 흔들림도 없었지만, 산적의 머리가 두려움으로 떨리고 있었다.

"여, 여기서 좀 멀리 있습니다."

"너희와 싸운 놈들은."

"배, 배신자들입니다. 본채의 재산을 가지고 도망가는 걸 우리가 잡은 겁니다. 저놈들이 가지고 간 건 저희가 가져도 된다고 했습니다."

그는 묻지도 않은 사실을 떠들어 댔다. 지금 눈앞에 있는 자의 기분을 조금이라도 만족시켜 주지 않으면 자신의 목숨은 그대로 끝이 나 버릴 테니까.

"다 드리겠습니다. 그러니 목숨만……."

"가."

"네?"

"여기 있는 것 다 챙겨서 가라고."

산적은 머리를 굴렸다. 대개 이런 경우에 모조리 죽여

서 가지고 있던 물건들을 빼앗는 것이 정상이다. 하지만 그냥 가라는 말에 어떤 반응을 보여야 할지를 몰랐다. 도망가는 등 뒤에서 칼을 꽂을 수도 있었다.

"정, 정말 가도 됩니까?"

반사영은 힘겹게 고개를 끄덕였다.

"아, 네가 입고 있는 옷은 좀 벗고 가라."

산적이 황급히 몸에 걸치고 있던 늑대 가죽을 벗고는 부리나케 도망쳤다.

반사영은 주위를 둘러봤다. 사람을 여섯이나 죽였다.

불과 조금 전까지만 해도 누군가와 검을 들고 싸운다는 것에 두려움을 지니고 있었다고 하기에는 믿기 힘든 현실이었다.

"우웩!"

정신을 차리니 역겨운 피 냄새에 속이 뒤집혔다. 나무 밑에서 한차례 속을 비우고 난 반사영은 방금 살려 준 산적의 뒤를 밟기 시작했다.

산적들의 주둔지는 생각보다 규모가 컸다. 나무로 만든 산채였지만 의외로 웅장한 면이 없지 않아 있었다.

살려 준 산적이 그곳으로 들어가는 모습을 확인한 반사영은 나무 위에서 잠시 휴식을 취했다. 산적을 살려 준 건 산채의 위치를 알아야 했기 때문이다.

그리고 저들은 자신의 수하들을 죽인 흉수를 찾기 위해 대대적으로 움직일 것이다. 반사영은 아버지의 무공인 은형무를 수련하고자 했고, 때문에 대상이 필요했다. 저들이 산채를 나서면 그 뒤를 은밀히 따를 작정이었다.

전반적인 목적이라면 간단하다. 세상으로 나아가기 전 실전 경험과 은신술, 경신술을 몸에 익히는 것이다. 산적들을 만났다는 건 정말이지 행운이었다. 하지만 방금 전 사람을 죽였다는 것에 반사영은 적지 않은 충격을 받을 수밖에 없었다.

자꾸만 머릿속을 헤집고 다니는 생각에 마음이 불편할 수밖에 없었다. 자신도 모르게 본능적으로 사람을 죽였다는 걸 받아들이기에 아직 반사영은 경험이 부족했다.

산적들이 머무는 산채에서 반응을 보이기까지는 그리 오랜 시간이 걸리지 않았다. 오히려 늦은 감이 있을 정도였다.

그걸 보면서 반사영은 저들의 조직이 체계가 잡혀 있음을 알 수 있었다.

정문으로 우르르 쏟아져 나오지도 않았고, 정렬된 무리가 나와 양방향으로 흩어졌다.

반사영은 일단 그 두 무리 중 하나를 선택해 뒤를 따랐다. 물론 은형무를 펼치면서 말이다.

딱!

뒤통수에 돌멩이를 얻어맞은 산적은 뒤를 돌아봤다. 뒤따라오는 동료들에게 장난치지 말라고 쌍욕을 퍼부었다. 하지만 그의 동료들은 오히려 자신들도 피해자인 듯 주변을 둘러봤다.

"어떤 놈이 장난질이냐!"

개중 하나가 소리쳤지만 주변은 조용하기만 했다. 돌멩이의 세기는 점점 더 강해졌다. 돌멩이는 다리나 팔을 정확하게 노리고 날아들었다. 그럴 때마다 장님처럼 산적들은 당하고 있을 수밖에 없었다.

돌멩이가 날아오는 방향도 일정치가 않았다. 한 사람이 아닌 집단이 여기저기 흩어져 던지는 것 같았다.

"우리 애들을 공격한 놈이 아닐까."

"하지만 분명 그놈은 혼자라고 했는데."

여러 추측만 있을 뿐, 산적들은 그 자리에서 꼼짝도 할 수 없었다.

발만 떼었다 하면 돌멩이가 날아왔기 때문이다.

물론 이들에게 돌멩이를 던지는 인물은 반사영이었다.

'재미는 있는데…… 영 눈치를 채지 못하네.'

아버지가 자신에게 돌멩이를 던지던 걸 재미 삼아 해 봤다. 물론 은형무를 몸에 익히기 위함이었다. 제법 은형무를 제대로 펼칠 수 있게 됐다.

또 저들이 근처에 있는 자신의 기척을 느끼지 못하는 것으로 보아 은형무라는 은신술의 힘을 새삼 느끼고 있었다. 아무리 저들이 삼류 산적들이라고 해도 이 정도 가까이 있는데도 전혀 자신의 존재를 눈치 못 챌 정도니까 말이다.

하지만 이래 가지고는 은형무의 최대치를 시험해 볼 수가 없게 된다.

"어이 거기!"

돌멩이가 더 이상 날아오지 않자 산적들이 움직이려고 했다. 그 순간 반사영이 바람처럼 그들 앞에 모습을 드러냈다.

"나를 찾고 있는 모양인데."

반사영이 돌멩이 두어 개를 손에 들고 있자, 산적들의 눈에서 불똥이 튀었다.

"우리한테 장난질한 게 네놈이구나."

"싹수없는 놈의 새끼 같으니라고."

으드득.

열 명 정도 되는 산적들이 각자의 손가락 관절을 푸는 소리가 요란하게 울렸다.

반사영은 여유 있게 미소를 머금었다. 그저 허세가 아니라 진심으로 마음이 안정됨을 느꼈다. 조금 전에 두려움에 떨었다고 생각할 수 없는 행동이었다.

스스로도 믿기 힘들 정도로 침착하게 상대를 살폈다.

아까보다 숫자는 더 많았지만, 전혀 긴장이 되지 않았다.

휘익!

픽!

돌멩이 하나를 던져 선두로 다가오던 산적의 허벅지를 맞혔다. 이번에는 내공을 실어 던진 것이다. 맞은 산적의 다리가 꺾였다.

반사영은 빠르게 다리가 꺾인 산적의 어깨를 박차고 공중으로 치고 올라갔다.

동시에 양손에 있는 돌멩이 두 개를 던져 뒤따라오는 산적들에게 날렸다. 하나는 눈에, 하나는 이마에 박혔다. 반사영이 땅에 착지한 순간, 이미 세 명이 바닥을 뒹굴었다.

"내가 이번에 좀 뭔가를 깨달았거든? 그러니까 우리 재밌게 놀자, 응?"

씨익!

반사영은 하얀 이를 드러내 보이며 웃었다.

산적 열 명을 기절시키는 데 걸린 시간은 일각도 채 되지 않았다. 물론 목숨을 빼앗지는 않았다. 죽이는 것보다 그게 더 힘들고, 수련을 하는 데 도움이 될 거라는 생각 때문이다.

"역시 머리가 좋으면 뭘 배우든 금방이야."

싸운다는 것, 어렵고 낯설었지만 이제는 어느 정도 그 감각을 알아 가고 있었다.

스스로가 뿌듯해하며 반사영은 빠르게 몸을 날렸다. 이제 몸을 가볍게 해 빠른 속도로 달리는 것도 무리 없이 해내고 있었다. 그간 책으로만 읽어 오던 무림인이 되었다는 것에 반사영은 꽤나 뒤늦게 반응하고 있는 중이었다.

청각을 극도로 끌어 올려 산채에서 빠져나온 다른 무리를 찾는 데 주력했다.

그들은 멀지 않은 곳에 있었다. 자신감이 붙은 반사영은 지체 없이 그들의 틈바구니 속으로 끼어들어 갔다.

그리고 신나게 검을 휘둘렀다. 단전에 무지막지할 정도의 내공이 있으니 몸은 날아갈 듯 가벼웠다. 열 명도 넘는 인원을 제압했는데, 방금 전보다 더 시간이 소비되지 않았다.

"쿨럭! 대, 대체 뭐냐, 너."

"나? 그냥 지나가는 나그네."

반사영은 산을 들쑤시고 다니며 당분간 머물 공간을 찾아 헤맸다. 산 중턱쯤 올라가자 동굴 하나가 보였다. 사람의 손이 타지 않은 천연 동굴이다. 대충 안을 살피니 살 만하다는 생각이 들었다. 바깥에서 마른 나뭇가지를 가져와 불을 붙이고, 산적들에게서 빼앗은 가죽옷을 바닥에 깔았다.

오래는 아니더라도 당분간은 머물기에 나쁘지 않았다.

반사영은 그곳에서 가부좌를 틀고 앉아 무연심공을 운 기했다.

그러면서 몸의 내부를 점검하기 시작했다.

머리가 맑아지기 시작하며 점점 무연심공에 정신을 집 중했다.

얼마간의 시간이 흘렀을까. 반사영이 눈을 떴을 땐 달 이 떠 있었다. 밖으로 나온 반사영은 검을 고쳐 들고 자세 를 잡았다.

지금부터 머릿속에만 존재하는 무영살검류를 펼칠 생각 이었다.

잠을 자다가도 벌떡 일어나 펼칠 수 있을 만큼 숙련이 필요하다고 느꼈다.

오늘 산적들과의 싸움에서 느낀 점이 많았던 것이다.

비록 결과적으로는 압도적으로 그들을 제압했지만, 이 성을 잃고 흥분해 사람을 죽였다. 굳이 죽이지 않아도 될 만큼 실력의 격차가 컸음에도 불구하고 말이다. 범인과 광인의 차이는 자기 마음을 얼마만큼 조절할 수 있느냐에 달라진다는 말을 책에서 본 기억이 있었다.

일반인들보다 월등한 힘을 지닌 무림인에게는 특히나

마음의 조절은 제일 필요한 덕목일 것이다. 그래서 무림인들은 정신적으로, 육체적으로 수련을 통해 그런 덕목을 갖춰 나간다.

반사영도 이참에 그런 수련을 독자적으로 해 나갈 작정이었다.

"후읍!"

내공을 끌어 올리고 내리는 조절은 아직도 어려웠다. 갑자기 내공을 끌어 올리니 그 충격으로 심장이 밖으로 튀어나올 것 같았다. 서서히 내공을 온몸으로 돌렸다. 그건 엄청난 집중력이 필요한 일이다.

반사영은 전혀 수련이 되지 않은 상황에 비해 방대한 내공을 지녔으니, 익숙해지는 데에는 꽤나 시간이 걸릴 수밖에 없었다.

반사영은 머릿속에만 있는 무영살검류를 하나하나씩 꺼내기 시작했다.

전광무영(電光無影)!

반사영의 몸이 정확히 세 개로 분리되더니, 순식간에 이 장여나 되는 거리 앞으로 쏘아져 나갔다.

전광무영은 무영살검류의 가장 기본이 되는 초식이다. 몸이 앞으로 튀어 나가면서 반사영의 검은 수십 번이나 휘둘러졌다. 주변에 상대방이 있었다면 눈 깜짝할 사이에 온몸이 난도질됐을 것이다.

무영살검류의 특징은 폭발적인 힘에 있다. 몸에 힘을 쭉 빼고 있다고 하더라도 어느 순간 집약적인 힘의 탄력을 받아 한순간 터져 버린다. 청아함을 내포하고 있는 무연심공을 바탕으로 한 무공이라고 하기에는 사뭇 다른 성질을 갖고 있었다.

내공심법과 무공의 성질이 이토록 다른데, 한 몸에 공존할 수 있다는 것이 반사영으로서는 의아하기만 했다. 전광무영을 한 번 펼쳤을 뿐인데, 체력적인 소모가 심했다. 내공이 부족해서라기보다는 자신도 모르게 불필요한 곳에 힘을 쏟아 내기 때문이라고 판단했다.

그렇게 몸이 녹초가 될 때까지 전광무영을 펼쳤다. 될 때까지. 꿈속에서도 펼칠 수 있을 때까지가 되어야만 한다고 생각했다. 반사영의 성정은 꽤나 집착이 심하고, 집요했다. 자신이 한 번 결심한 일은 수단과 방법을 가리지 않고 이루어야만 직성이 풀린다.

그런 자신의 성격을 알기에 스스로 혼자 수련을 택할 수 있었던 것이다.

아마도 자신이 만족할 수준에까지 이른다면 어딜 가서도 쉽게 객사할 일은 없을 거라는 자신감이 있었다.

땀에 젖은 몸으로 바닥에 누워 달을 올려다봤다.

피식 웃음이 새어 나왔다.

학문에 매진해 조정에 입문하여 자신의 뜻을 펼치려던

꿈을 꾸었건만, 지금은 무림인으로 살기 위한 준비를 하고 있는 상황이 우스웠다. 사람의 인생이 이토록 짧은 시간 안에 바뀔 수가 있다는 것이 놀라울 뿐이다.

날이 밝자 반사영은 그나마 제대로 된 먹을거리를 찾아 나섰다. 그 와중에 산적 무리를 만나게 될지도 모른다는 것을 걱정하지는 않았다. 어느 정도 선에서 충분히 제압할 능력이 되었고, 많은 인원일 경우 도망치면 되는 일이다. 그러니 별다른 생각 없이 주변을 돌아다녔다.

고기를 먹고 싶었지만, 산짐승을 잡을 경우 털을 벗기고 내장을 발라내는 일을 한 번도 해 본 적이 없었기에 일찌감치 포기를 해 버렸다.

대신 나무에서 열리는 과일을 찾아다녔다.

한참을 발품을 판 결과, 꽤 질 좋은 과일들을 얻어 가벼운 마음으로 임시 거처로 돌아왔다.

간단하게 배를 채우고는 운기조식을 마치고, 다시금 밖으로 나왔다.

편하지 않은 잠자리의 고통은 운기조식으로 말끔히 해결됐다.

덕분에 가뿐한 마음으로 검을 들었다. 한데 저 멀리서 방해꾼들의 기척이 느껴졌다.

"다섯?"

숫자는 그리 많지 않았다. 하지만 지난번 때려눕힌 산적들의 수준과는 꽤 차이가 있었다.

그들의 모습은 얼마 지나지 않아 보였다.

커다란 덩치의 소유자들일 것이라는 예상과는 달리 깡마른 체구의 사내들이었다. 말랐지만 제법 튼실한 근육을 소유하고 있었다.

"너냐, 우리 아이들을 공격한 게."

"다 알고 왔으면서 물어보기는."

험상궂은 얼굴을 한 채 물었지만, 반사영은 여유 있게 대답했다. 자신이 때려눕힌 산적들보다는 조금 실력이 있는 자들 같았지만, 그래 봤자 산적 나부랭이에 불과할 테니까 말이다.

"내가 산호채(山虎寨) 채주 녹림대호(綠林大豪) 과적(戈赤)이다."

"그런데?"

무림에 대해서 알긴 알아도 반사영의 머릿속에 있는 인물들은 다 유명 인사들뿐이다. 그런 그가 녹림총련에서도 가장 약채인 산호채를 알 리가 없었다.

자신을 녹림대호 과적이라고 소개한 사내의 얼굴이 순식간에 벌겋게 달아올랐다.

분명 자신들이 산호채라는 걸 알고서 일부러 시비를 걸어왔을 것이라 생각해 왔던 그다. 하지만 정작 상대는 순진무구한 얼굴을 하고서 산호채라는 이름을 처음 듣는 표정을 짓고 있었다.

"거짓말을 할 생각은 마라. 누가 보내서 온 것이냐."

"거짓말 같은 소리 하네. 난 누가 보내서 온 게 아니다."

"그럼 대체 왜 산호채를 공격한 것이냐!"

"그건……."

반사영은 차마 자신의 무공 수련을 위한 연습 상대가 필요했다는 말은 하지 못했다.

그건 자신이 생각해도 너무나 뻔뻔한 일이었다.

"누가 보냈건 간에 산호채를 건드렸으니 쉽게 넘어갈 생각은 마라."

녹림총련에서도 왕따를 당하는 산호채주 과적은 이제 별 시답지 않은 놈마저 자신들을 무시한다고 생각했다. 가뜩이나 수입도 없던 판국에 멀쩡한 수하 스무 명 남짓이 반병신이 되거나 죽어 나갔다.

화병이 나서 참을 수가 없는 일이다.

"쩝. 이건 뭐 내 입장은 전혀 고려해 주지 않는군."

괜히 투덜거려 보지만 딱히 반박할 말은 없었다. 일단 먼저 저들을 이용하고, 피해를 준 건 자신이었으니까 말이다. 물론 저들이 세상에 해를 끼치는 산적들이라는 점에서 양심의 가책 같은 건 없었다.

휘익! 휙!

과적과 함께 온 네 명의 사내들이 신형을 날렸다. 움직임이 예사롭지가 않았다. 표범처럼 몸놀림이 날렵했다. 그들은 몇 차례 반사영의 주변을 빠르게 돌면서 신경을 분산시켰다.

반사영의 시선은 정면에 있는 과적에게 멈춰 있었지만, 모든 감각은 주변을 도는 사내들에게 집중했다. 전혀 예상치 못했던 공격법에 반사영은 신경이 날카로워졌다. 반사영의 앞으로 과적이 천천히 다가왔다. 과적의 입꼬리가 말려 올라갔다. 이대로 도망을 치지도 못하고 꼼짝없이 포위를 당한 셈이다.

하지만 두 사람의 표정은 얼마 지나지 않아 바뀌어 버렸다.

쌔애액!

푸욱, 푹!

반사영은 단 한 번도 연습한 적이 없었지만 품속에 갖고 있던 비도를 떠올리고는 던진 것이다. 빠르고 정확하게 두 개의 단도가 주변을 얼쩡거리던 사내 두 명의 허벅지에 꽂혔다.

그 순간 반사영은 득의에 찬 미소를 지었고, 과적은 울상이 됐다.

반사영은 그 순간을 놓치지 않았다.

전광무영!

여지없이 쾌속으로 반사영의 신형이 앞으로 쏘아져 나갔다.

"흐억!"

과적의 입에서 단말마의 비명이 터져 나왔다. 그가 지금까지 경험해 볼 수 없는 속도에 놀라 심장이 멎을 지경이었다.

퍽!

자신의 목숨은 이제 끝이라는 생각에 두 눈을 질끈 감았지만, 복부에서 묵직한 통증이 느껴졌다. 살았다는 안도감이 먼저 스쳐 지나갔다.

반사영은 과적을 무너트림과 동시에 등 뒤에서 느껴지는 살기에 다시금 검을 고쳐 잡았다. 두 명이 동시에 덤비는 합공이었다.

뒷걸음질을 치며 치고 들어오는 검날을 튕겨 냈다.

그사이 과적이 힘겹게 몸을 일으켰다. 두 눈은 충혈되어 있었다. 저 비쩍 마른 놈이 제법 강하다는 건 인정하지만, 세 명이 합공을 한다면 당해 낼 수 없을 것이다.

무릎을 꿇려 바닥을 기게 하고, 스스로가 어떤 사람을 건드렸는지 뼈저리게 느끼게 해 줄 작정이다. 부지런히 합공을 막아 내던 반사영의 머리 위로 과적이 떨어져 내렸다.

"죽어라!"

과적은 반사영의 어깨를 아예 절단시킬 작정으로 검을 내리찍었다.

일류 무인이라고 해도 쉽게 피할 수 없는 공격이다. 그렇다고 막을 수도 없는 노릇이다. 그랬다가는 앞에 있는 두 명의 검이 사정없이 찌르고 들어올 테니까.

하지만 반사영의 입가에 미소가 번졌다. 동시에 주르륵 미끄러지듯 그의 몸이 뒤로 밀려 나갔다. 혼자만 얼음 위에 있는 듯한 모습이었다.

폭뢰비(爆雷匕)!

반사영의 검 끝에서 검붉은 검기가 뿌려졌다. 정확히 세 갈래로 찢겨져 나온 검기는 공중에서 떨어져 내리는 과적과 정면에 있던 두 명에게로 꽂혔다.

"하아. 하아."

늘 앞으로만 나아갈 때 쓰던 월야무영을 뒤로 빠지면서 사용했다. 그리고 지금과 같은 상황에서 쓸 수 있는 최적의 초식인 폭뢰비를 펼쳤다. 결과는 예상보다 더 훌륭했다. 검기를 뿜으면서 원하던 부위에 죽지 않을 만큼의 힘을 실었다.

과적은 검기가 옆구리에 스쳤고, 나머지 두 명도 당장 움직일 수는 없지만 불구가 될 정도의 심각한 부상은 아니었다.

반사영의 의도대로 된 것이다.

빠른 연결 동작을 하면서도 검기의 세기를 조절하고, 방향까지 완벽하게 자신의 원하는 대로 만들어졌다.

내공의 소모가 크다는 점을 빼고는 반사영은 나름 만족스러워했다.

단 한 번의 초식으로 셋을 전투 불능으로 만들다니. 생각했던 것보다 무영살검류의 위력은 위험하고 엄청났다.

"죽지 않을 정도니, 너네 집까지는 알아서 갈 수 있겠지?"

"꺼흑…… 대, 대체 뭐하는 놈이냐."

죽이지도 않고, 신분을 밝히지도 않는 반사영의 정체가 과적으로서는 굉장히 궁금했다. 고통에 몸부림치는 와중에도 말이다.

"그러니까…… 난…… 에이, 됐어. 늦었다. 얼른 산채로 돌아가라."

반사영은 대충 얼버무리며 자신의 처소로 들어갔다.

"더 이상 귀찮게 찾아오지 마라. 재미 볼 만큼 봤으니까."

반사영의 뒷모습을 과적은 어처구니없는 눈길로 바라만 볼 수밖에 없었다.

수하들 앞에서 떵떵거리며 출발했던 과적이 피떡이 되어 돌아온 지 열흘이 지났다.

그 시간 동안 과적은 오로지 몸을 치료하는 데 전념할 수밖에 없었다. 그는 이를 악물며 고통스러운 나날을 버텨야 했다. 치욕도 이런 치욕이 없었다. 명색이 녹림총련의 한 축을 맡고 있는 산호채의 채주의 위신이 바닥을 쳐버렸다.

산호채에서도 가장 무공이 뛰어나다는 네 명의 수하들을 대동하고도 이름도 모르는 놈 하나를 어찌하지 못했다는 건 말 그대로 개망신이었다.

이제 앞으로 수하들 앞에서 얼굴을 들고 다닐 수 없을 것 같았다. 그 빌어먹을 놈과 다시 대면하는 날, 장담컨대 산호채의 사활을 걸고서라도 이 치욕을 갚을 작정이었다.

"채주! 왔습니다!"

함께 며칠 전 그놈을 잡으러 나갔던 수하가 눈이 까뒤집혀진 상태로 들어섰다.

바닥에 배를 깔고 누워서 쉬고 있던 과적은 호들갑을 떠는 수하의 머리통을 후려갈겼다.

"이 새끼가! 형님 쉬고 있는데."

"그게 중요한 게 아니라, 왔다니까요!"

"아, 대체 누가 왔길래 지랄이야."

"그놈 말입니다. 우리를 이 지경으로 만든 놈."

과적의 몸이 공중 부양할 기세로 떠올랐다.

입에 게거품을 문 과적이 자신의 방문을 박차고 밖으로 나섰다. 수하가 잘못 봤을 것이라 기대하면서 말이다. 제발 그랬으면 좋겠다고 생각했다.

하지만 과적의 바람은 보기 좋게 빗나갔다. 진짜 그놈이다.

지난번보다 지저분해진 몰골을 한 그놈이 태평스럽게 자신의 산채에 떡하니 들어서 있었다.

"오래 머물지는 않겠소. 염치 불구하고 잠시 신세 좀 지겠소."

반사영은 누군가에게 부탁해 본 경험이 그리 많지 않았다. 하지만 한 가지 분명히 알고 있는 게 있었다. 남에게 부탁을 할 때는 친절하고, 예의 바르게 해야 한다는 것을.

과적은 주변을 한차례 둘러보더니 머리를 긁적였다.

지금의 상황을 자신만 이해 못하고 있는 것 같지는 않았다.

'무림 고수를 위장한 사기꾼? 아니면 련주가 보낸 감시자?'

이런저런 가능성을 열어 두고 고민해 봤지만, 이 빌어처먹을 놈의 정체는 물음표였다.

도대체 얼마만큼 낯짝이 두꺼우면 저리도 딱딱한 말투

를 써 가면서 지난날의 일은 기억나지 않는다는 듯한 얼굴을 할 수 있는 것일까.

저 인간의 눈에는 자신의 옆구리에 쑤셔 박힌 붕대가 보이지 않는단 말인가. 아니면 지금 수하들 앞에서 인내심을 시험하려는 의도인 걸까.

생각할수록 머리만 터져 버릴 것 같다.

"그, 그렇게 하시죠."

"고맙소. 제 방은 어디로?"

"저기, 저기를 쓰시면 됩니다."

반사영은 사람 좋은 미소를 보이며 과적이 가리킨 아담한 오두막으로 걸어갔다.

"채주, 어쩌자고."

"조용히 해라. 나도 좋아서 이러는 게 아니니."

산호채 산적들의 관심 어린 시선을 독차지하며 반사영은 당분간 머물 새로운 숙소로 들어섰다.

낯짝이 두꺼워 산호채로 당당히 들어온 건 아니다. 나름 굉장히 고민을 하고 결정을 내린 것이다.

산호채로 들어온 이유는 딱 두 가지다. 하나는 바로 생존을 해야 한다는 것이다. 아버지의 복수를 하기도 전에 이름도 모를 산에서 객사할 수는 없는 노릇이었다.

언제까지고 나무에 달린 과일만 따 먹을 순 없었다. 그렇다고 직접 살아 있는 짐승을 잡아 손질을 하고, 구워 먹을 만큼 비위가 좋다거나 기술이 훌륭한 것도 아니다.

물론 마음먹고 하려면 하겠지만, 쉽지가 않았다.

사람까지 죽여 놓고도 이런 생각을 한다는 것이 우스웠지만, 어쨌든 반사영으로서는 산호채를 방문한 건 최선의 선택이었다.

또 다른 한 가지는 자신이 이곳에서 여러 산적들과 비무 아닌 비무를 벌이며 스스로가 지닌 무공을 구체화시켜야 했기 때문이다.

그건 어디까지나 혼자 공상이나 허공에다 검을 휘두르는 것에도 한계가 있다고 판단을 내렸기 때문이었다.

훈련을 할 수 있고, 잠자리와 먹을거리를 제공받을 수 있는 최적의 장소가 바로 산호채였다.

물론 자신이 하는 비무는 산적들의 무공 증진을 위한 일의 대가라 위장되어야만 했고 말이다. 산적질이나 하는 이들의 무공 증진 같은 걸 하기엔 아직 반사영의 양심은 멀쩡했다.

오래 있을 생각은 없었다. 어느 정도 때가 됐다 싶으면 미련 없이 떠날 작정이었다.

해가 떨어지자 과적이 직접 요기 거리를 들고서 반사영을 찾아왔다.

"흠, 흠."

"……."

불과 며칠 전 첫 만남 때만 하더라도 검을 들고 서로를 죽이려고 했던 두 사람이 검을 놓은 채 마주하니 어색하기만 했다.

과적은 괜히 주변을 둘러보며 딴청을 피웠고, 반사영은 주린 배를 채울 음식이 눈앞에 있음에도 자리를 지키고 있는 과적이 못마땅했다. 그렇다고 집주인에게 나가 보라고 말할 수도 없는 노릇이다.

"입에 맞으실지 모르겠습니다."

"맛있소."

과적은 눈살을 찌푸렸다. 대체 이런 말투는 영 적응이 되지 않는다.

"지난번처럼 그냥 편하게 말씀하시죠. 서로 처음 본 사이도 아닌데."

"쩝…… 그러죠."

"말 나온 김에 뭐 하나만 물읍시다. 왜 우리 애들을 죽인 겁니까?"

"푸학!"

반사영은 갑자기 입안에서 우물거리던 음식을 밖으로 뿜었다.

과적의 옷에 그 이물질 중 태반이 묻었다.

하지만 과적에게는 옷보다 대답이 더 중요했다.

"그건……."

어쩔 수 없이 반사영은 이 산에서 처음 산적들을 만나고 시비를 건 이유에 대해서 사실대로 토해 낼 수밖에 없었다.

모든 이야기를 다 들은 과적은 멍한 얼굴로 한참 동안 할 말을 잃었다.

검기를 뿌려 대는 인간이 실전 경험을 쌓기 위해 연습 대상이 필요하다?

그의 상식으로는 이해 못할 일이다. 녹림총련에는 서른여섯 개의 산채가 존재한다. 산채에서도 가장 강한 자들이 채주의 자리에 앉는다.

그 서른여섯 명의 채주들 중 검기를 뿌릴 수준의 고수는 딱 두 명으로 알고 있었다. 녹림총련의 련주와 부련주.

그만큼 검기를 다룬다는 건 일류를 넘어야만이 가능한 일이다.

천하에는 그런 자들이 많이 있지만, 그 정도 되는 고수들이 일개 산적을 상대로 실전 연습을 할 리가 없었다.

기본적인 그릇의 차이가 크니 오히려 더 실력이 퇴보할 가능성도 없지 않는 일이다.

"죽일 생각은 없었습니다. 단지 제가 좀 흥분을 하는 바람에."

과적은 화를 내야 할지, 웃어야 할지 감을 잡을 수가

없었다.

아니, 분명 자신은 지금 분노해야 옳았다. 능력은 없지만 명색이 산호채의 채주다.

채주가 식구 같은 수하들을 죽인 놈을 앞에 두고 손수 식사를 챙겨다 주는 건 미친 짓거리나 다름없었다.

하지만 눈앞에 있는 자는 검기를 뿌리는 고수다.

약육강식.

그 진리는 누가 가르쳐 주는 것이 아니다. 인간이라면 본능적으로 깨닫는 것이다.

적으로 대하기 두렵다면 벗이 되거나 동료가 되면 되는 일이다. 과적이 서른 살 먹도록 배운 진리였다.

벗이나 동료가 될 수 있을 거라는 느낌은 없다. 그렇다면 철저하게 이용할 생각이었다.

"저희 애들을 상대로 경험도 쌓으면서 깨달음의 기회를 주시면 어떨까요."

반사영이 할 말을 과적이 대신해 주고 있었다. 반사영은 속으로 회심의 미소를 지었다.

"부족하지만 열심히 한번 해 보겠습니다."

불과 사흘 뒤, 과적은 자신의 선택을 뼈저리게 후회해야만 했다.

"커허억!"

"아이고, 나 죽는다!"

"제발 그만! 그만합시다!"

산호채 곳곳에서 곡소리가 끊이지 않았다.

매일같이 수련이라는 명목 아래 이루어지는 구타의 참상이었다. 그 모습을 지켜보는 과적의 얼굴은 세상에 낙이란 낙은 모조리 잃어버린 사람 같았다.

도대체 어딜 어떻게 봐서 저 짓거리가 수련의 일종이란 말인지, 과적의 머리로는 이해가 되지 않는다.

"뭐하십니까?"

멀찌감치 떨어져 있던 과적과 눈이 마주친 반사영이 목검을 까딱거렸다.

"나?"

설마 자신을 가리키는 것인가를 되물었지만, 누가 봐도 반사영이 들고 있는 목검의 끝은 과적에게서 꽂혀 있었다.

"지금 산호채에서 저와 비무를 하지 않은 분은 그쪽 말고는 없지 말입니다."

"아, 아니, 난 좀 몸이 좋지 않아서."

"어제도 그 말을 하셨던 거 같은데요."

"몸이 좋지 않은 것보다 채주로서의 체면도 있고 하니까. 응?"

"뒤에 숨어 명령질만 하는 윗대가리를 믿고 목숨을 바칠 수하는 없습니다."

"윗……대가리? 명령질?"

과적은 주변에서 전해지는 따가운 눈길을 느낄 수 있었다.

어디까지나 반사영을 받아들이고, 수하들의 능력 향상을 제안한 건 자신이었다. 수하들의 눈초리에서 그런 원망을 이미 며칠 전부터 지겹게 받고 있는 중이다.

그런데다 모두가 하는 비무를 자신만 안 했다가는 대놓고 수하들의 원망을 살 기세다.

수하들 앞에서 당할 망신도 망신이지만, 그런 위기를 맞고 싶은 생각은 추호도 없었다.

울며 겨자 먹는 심정으로 과적은 목검을 들었다.

"자, 갑니다!"

반사영과 과적의 비무가 시작됐다. 한차례 반사영에게 비무를 위장한 구타를 당한 다른 이들은 고소를 머금으며 두 사람의 비무를 지켜봤다.

물론 결과는 과적의 참패로 끝났다.

벌에 쏘인 것처럼 얼굴이 퉁퉁 부어오르고, 코피가 흐르자 나뭇잎을 구겨 코를 틀어막았다. 불과 일각 만에 과적의 몰골은 처참하게 망가져 버렸다.

"언제까지 머물 생각인 거냐?"

"그야……."

자신도 모르게 대답을 하려던 반사영은 말끝을 흐렸다. 천천히 머물면서 수하들의 무력 증진을 위해 힘써 달라는 부탁을 받은 당사자에게 이런 질문을 받으니 당혹스러웠다.

"낙양으로 간다고 했나?"

"네."

"천검맹으로 가려고?"

"어찌 아셨습니까?"

"무림인이 낙양으로 가는 이유 중 태반은 천검맹 때문이지. 하긴 조만간 천검맹 입맹 시험이 열리긴 하지."

"입맹 시험이오?"

"입맹 시험을 보러 낙양으로 가는 게 아니었어?"

"그건…… 아니었어요."

"그래? 그럼 상관없겠군."

문득 반사영은 호기심이 생겼다.

"언제 열리는데요."

"얼마 안 남았어. 한 한 달 정도?"

반사영의 미간이 찌푸려졌다. 입맹 시험이라면 다양한 사람들이 몰릴 것이다.

물론 여기서 수준 낮은 산적들을 상대하는 것보다 훨씬 유익할 거라는 건 자명한 일이다. 애초에 목적지가 천검맹이었다. 아직 완전하지는 않지만, 그래도 나름 아버지의 무공 체계에 대한 기본은 몸에 익었다.

이 시점이라면 조금 이른 감이 없지 않아 있지만, 세상으로 나아가도 괜찮지 싶다는 마음이 스멀스멀 피어올랐다.

천검맹 입맹 시험이 얼마 남지 않았다는 과적의 말을 들으니 서둘러야겠다는 생각도 들었다. 떠나려면 지금이 적기다. 더 이상 미적대는 건 어쩌면 시간 낭비일지도 몰랐다.

본래 계획은 무영살검류를 온전히 자신의 것으로 만들고서 산을 내려갈 작정이었다. 하지만 중요한 걸 잊고 있었다.

무공이란 혼자서 하는 것이 아니다. 흔히 깨달음이라는 건 다양한 사람을 만나고, 그들과 검을 섞으면서 찾아온다고 했다. 이곳에서 머물면서 반사영도 깨달은 것이다.

혼자서도, 수준이 낮은 이들을 상대로 백날 검을 휘둘러도 그 깨달음이라는 건 자신에게 찾아오지 않을 것 같다는 기분이 들었다.

고민은 그리 길지 않았다.

그로부터 사흘 뒤.

반사영은 낡은 지도 한 장과 당분간 먹을 식량을 가득 챙겨서 산호채를 나섰다.

"잘 가! 보고 싶을 거다!"

산호채의 산적들에게 배웅을 받으며 반사영은 해맑게 팔을 휘둘렀다. 첫 만남이 어떻든 짧은 시간이나마 같이 지내니 정이라는 게 든 모양이다.

저들은 동료의 목숨을 빼앗아 간 자신을 진정 아껴 주고 있었다.

하지만 반사영이 모습을 감추자, 그들은 통곡의 눈물을 쏟아 냈다. 특히나 과적은 수하들에게 미안한 마음이 들었다.

자신의 선택으로 인해 수하들이 겪었을 고충을 눈으로, 몸으로 느끼고 나니 그 감정은 더욱 북받쳐 올랐다.

"으허허헝! 내 저놈을 다시 보는 날에는 그 자리에서 혀를 깨물고 죽을 것이다!"

통렬한 과적의 외침이 산호채에 울려 퍼졌다.

4장.
낙양

무림인들은 하남성(河南省) 낙양(洛陽)은 꿈에 도시라고 표현하곤 했다. 워낙 대도시인지라 볼거리와 먹을거리가 넘쳤다. 하지만 무림인들에게 그곳은 성지였다.

　바로 천검맹 총타가 있기 때문이다.

　천검맹은 백 년 전부터 무림 역사상 전무후무할 세력으로 자리매김해 왔다.

　특히나 삼 대째 맹주 자리를 거머쥐고 있는 위지(慰遲) 세가의 막강한 힘과 권력은 천검맹의 명성을 드높이는 데 부족함이 없었다.

　천화객이라고 적혀 있는 객잔 앞에 젊은 남자가 우뚝 서 있었다.

남자는 거지꼴을 하고 있었다. 천화객은 천검맹에 속해 있는 천화상가(天華商家)에서 운영하는 객잔이었다. 가격도 비싸지 않고, 음식이나 숙박 시설이 잘되어 있어서 늘 사람들로 붐볐다.

그 안으로 남자는 들어섰다.

"어서 옵……!"

점소이 하나가 손님이 들어오는 인기척을 느끼고 인사를 하려다가 멈춰 섰다. 활짝 웃던 입가에 미소는 온데간데없이 사라져 버렸다.

점소이는 이런 거지새끼가 어딜 감히! 라고 외치며 이단 옆차기를 날릴 뻔했다. 하지만 이곳은 엄연히 최고의 품질과 대접을 자랑하는 천화객이다. 자칫 다른 손님들에게 좋지 않은 인상을 줄 게 뻔했다.

특히나 오늘은 천검맹 무인들까지 단체로 와 있었기에 함부로 소란을 피울 수 없었다.

"어떻게 오셨습니까?"

거지 사내는 눈살을 찌푸렸다.

"객잔이 뭐하는 곳입니까."

점소이의 이마에 핏줄이 툭 튀어나왔다. 바로 내쫓지 않은 것만으로도 감사해야 할 판국에 질문까지 하고 있으니 어이가 없었다.

"돈을 지불하면 식사와 잠자리를 제공해 주는 곳 아닙

니까?"

"그, 그렇긴 합니다만."

"객잔 점소이라면 '손님에게 어떻게 오셨습니까'가 아
니라 식사를 할지, 숙박을 할지를 물어보는 것이 먼저겠
죠."

문제는 지금 사내가 손님으로 보이지 않는다는 것이다.
점소이는 조리 있게 말하는 사내의 말에 위축이 돼 버렸
다.

"왜요. 몰골이 이래서 혹시 동냥이라도 하러 왔을 거라
생각하셨나 보죠?"

하마터면 점소이는 고개를 끄덕일 뻔했다. 점소이는 주
인이 했던 말을 떠올렸다.

무림에는 기이한 인사들이 많으니 절대로 겉모습만으로
손님을 판단하지 말라는 것이었다. 점소이는 이 사내를
동냥이나 하는 거지가 아닌 기인이사로 받아들였다.

하지만 사내의 몸에서 악취가 풍기고 있었다.

"식사보다는 먼저 씻으시는 게……."

"일단 먼저 식사를 하고 싶은데요."

사내는 냉정하게 점소이의 의견을 무시했다. 어쩔 수
없이 점소이는 거지 사내를 가장 구석진 자리로 안내했다.

다른 손님들의 따가운 시선에 괜히 자신의 얼굴이 더
뜨거워졌다.

사내는 그런 것쯤은 아무렇지 않다는 듯 음식을 주문했
다.

거지 사내는 주변을 두리번거렸다. 며칠 만에 제대로
된 음식으로 배를 채울 수 있겠다는 생각에 기분이 좋았
다.

불과 한 달 전에 자신이었다면 먹는 것보다 씻는 걸 먼
저 선택했을 것이다.

그는 산호채 산적들의 배웅을 받으며 떠났던 반사영이
었다. 길지 않은 시간 동안 그는 거의 만신창이가 되어 있
었다. 나름 정확한 것이라며 과적이 전해 준 지도를 너무
신뢰했기 때문이다.

"음식 나왔습니다!"

반사영은 상념에서 깨어났다. 점소이가 날라 가지고 온
음식을 본 순간 이성을 잃어버렸다. 쉬지 않고 젓가락을
놀리는 일에 집중하고 있는데, 귓가를 스치고 지나는 소
리가 있다.

"거지새끼가 잘도 처먹는구나!"

그 말에 주변이 웃음바다가 되었다.

반사영은 자신에게 하는 소리임을 알면서도 무시했다.

괜히 시끄럽게 굴고 싶지는 않았다. 반사영을 놀렸던
사내가 거기서 멈췄다면 말이다.

"어이, 거지 양반. 그쪽 몸에서 나는 냄새 때문에 도저

히 식사를 못하겠거든?"

큰 덩치를 자랑하는 사내는 새하얀 무복을 입고 있었다.

무복 가운데에는 금색 수실로 하늘 천 자가 박혀 있었다. 그것은 바로 천검맹 소속 무인이라는 표시였다.

백색 무복은 일반 무사들의 통일된 복장이었다. 하지만 천검맹이라는 울타리 안으로만 들어가면 바라보는 시선이 달라진다. 천검맹은 사대세가와 오대문파가 하나로 묶여 있는 연합체였다.

그 중심을 이루는 아홉 세력은 개개별로도 엄청난 힘을 지닌 곳이다.

한 곳, 한 곳에서 펼치는 영향력은 가볍지 않았다. 세간에서는 그들을 구중천(九重天)이라고도 불렀다.

분명 이 사내는 천검맹 총타 소속이었다. 총타 내부는 구중천의 수장들을 비롯해 수뇌부들이 모조리 모여 있는 곳이다. 그 자체만으로도 지금 반사영에게 시비를 거는 이의 무위가 강함은 증명되고도 남는 일이다.

반사영은 덩치 큰 사내의 뒤를 쳐다봤다. 같은 옷차림을 하고 있는 자들이 여섯 명이나 되었다.

반사영은 그들의 숫자를 확인하고, 승패를 가늠해 봤다. 싸울지, 말지를 말이다. 물론 겉으로는 여유롭게 국물을 들이마시고 있었다.

"내일 천검맹 입맹 시험이 있다고 들었습니다."

거한의 사내의 입꼬리가 올라갔다. 엉뚱한 소리를 하는 거지 자식이 어이가 없다는 얼굴이었다.

"오호라, 본 맹에 시험을 보러 온 건가?"

"그럴 생각이었습니다. 한데 조금 실망스럽네요."

"뭐야?"

"겉모습만을 보고 이렇게 돼먹지 못하게 시비를 거는 당신 같은 사람을 무사로 두는 천검맹이 한심할 따름입니다."

"하…… 하하하!"

거한의 사내는 진심으로 어처구니가 없었다. 나오는 건 웃음뿐이다.

그 웃음이 분노로 바뀌기까지는 촌각도 걸리지 않았다. 반사영이 보내는 비웃음 가득한 표정을 봤기 때문이다.

부우웅!

거한의 사내가 곧장 주먹을 날렸다.

고된 수련으로 인해 쇠보다 단단해진 주먹이다. 내공을 사용하지 않았다 하더라도 말이다.

팍!

반사영은 왼손 하나로 그의 주먹을 잡았다. 그 상태로 남은 오른손으로는 젓가락으로 음식을 먹었다.

"이익!"

거한의 사내의 얼굴이 붉게 달아올랐다.

"또 한 번 실망했습니다. 천검맹 무인이 이 정도밖에 되지 않는다는 사실에 말입니다."

빠각.

반사영의 발등이 가볍게 거한의 사내 정강이를 걷어찼다.

"으아악!"

거한의 사내는 바닥을 나뒹굴었다. 동시에 그와 함께 자리해 있던 무인들이 검을 뽑아 들었다.

"저 미친 자식이 본 맹의 무인을 건드렸다!"

"어디 한군데 잘려야 정신을 차릴 놈이구나!"

반사영은 들고 있던 젓가락 두 개를 날렸다. 반사영에게 달려들던 두 명의 눈에 정확하게 박혔다.

반사영은 몸을 일으키더니 주변을 둘러봤다.

왁자지껄하던 실내는 쥐 죽은 듯 조용해졌다.

스르륵.

반사영을 향해 달려들지 고민하던 네 사람은 갑자기 거지 놈의 몸이 사라지자 어쩔 줄 몰라 했다.

퍼퍼퍼퍽!

그들은 벼락을 맞은 사람처럼 동시에 기절해 버렸다. 워낙 빠른 속도였기에 그들은 자신들이 기절하는 것조차 몰랐을 것이다. 순식간에 여섯 명을 바닥에 눕혔다. 그것도 천검맹 무인들을 말이다.

"소란을 부려 죄송합니다."

반사영은 주변에 남아 있는 손님들에게 사과를 했다.
반사영을 안내해 준 점소이는 그 광경을 보더니 얼굴이
사색이 되어 버렸다.

저 바닥에 누워 있는 자들 중 하나가 될 뻔했다는 생각
이 들자 소름이 끼쳤다.

"이렇게 피해를 줄 생각은 없었는데, 죄송합니다."

"죄, 죄송하긴요. 사실 저도 저놈들이 마음에 들지는
않았습니다."

점소이는 귓속말로 말했다.

"이건 음식값입니다. 다른 건 망가진 게 없으니 음식값
만 내겠습니다."

반사영은 서둘러 돈을 지불하고 밖으로 빠져나와 골목
길로 사라져 갔다.

"제법이네."

반사영이 천화객을 들어설 때부터 그를 지켜보던 이가
있었다. 반사영과 또래로 보이는 사내는 검은 무복을 입
고 있었다. 이목구비가 뚜렷하고, 특히나 눈빛에서는 지
독한 한기가 흘러나올 것만 같았다.

"산속에서 산적들을 상대로 수련을 했다?"

"보고드린 내용대로입니다. 평생을 서책에 파묻혀 지내

다가 반적풍이 그렇게 된 이후로 그곳에서 수련을 하다가 이곳으로 왔습니다."

놀랍게도 그의 옆에서 보고를 하는 인물은 반적풍을 죽인 곽대우였다.

"어렸을 적부터 무연심공을 운기해 왔고 말이죠?"

"예."

"후훗. 재미있군요. 무공 수련을 시작한 건 불과 한 달도 채 안 된 놈이 천검맹 무인 여섯을 때려눕혔다?"

"아직은 미흡한 수준이긴 합니다만, 실전과 스스로가 익힌 무공들의 이치를 깨닫는다면……."

"깨닫는다면?"

"과거 반적풍을 넘어설 것입니다."

"크크크큭."

사내는 미친 듯이 웃음을 터트렸다.

"과거의 반적풍을 넘어선다? 괴물이군요. 저 녀석."

곽대우는 눈살을 찌푸렸다. 이 사내는 자신의 말을 우습게 여기고 있었다. 그것은 꽤나 위험한 일이라고 곽대우는 확신했다.

하지만 자존심 강한 사내의 성정을 알기에 더 이상의 설명은 하지 않았다.

"오늘 천검맹을 망신시킨 저 여섯 명의 일은 없던 걸로 하죠."

"알겠습니다. 하면 반사영 저 아이는……."

"몸 안에 더러운 피가 흐르는 종자지만 새로운 하늘을 만드는 데 그런 혈연쯤이야…… 상관없는 일이죠."

"하면……."

"언제부터 그대가 그렇게 말이 많아졌는지 모르겠습니다."

"……!"

"저 녀석을 잘 지켜보세요. 언제 어디서 그들이 접촉해 올지 모르는 일이니."

"명을 받듭니다."

"어이, 이보게!"

골목길을 이리저리 돌아다니던 반사영은 뒤에서 부르는 소리에 걸음을 멈췄다. 누군가가 따라오고 있다는 건 진작부터 알고 있었다.

하지만 적의가 없는 것 같아 먼저 다가올 때까지 기다리고 있었던 것이다.

"무슨 일이시죠?"

반사영에게 말을 건 이는 이십 대 후반으로 귀공자풍의 사내였다.

"나는 방금 천화객에서 싸움을 지켜보던 사람일세."

"알고 있습니다. 소면 한 그릇과 화주 한 병을 드시고 계시던 분이라는 건."

"그, 그걸 어떻게!"

사내는 귀신이라도 본 사람처럼 몸을 부르르 떨었다. 천화객 일 층은 워낙 넓어서 수용할 수 있는 인원수가 많았다. 게다가 사내는 반사영과는 정반대편 끝자락에서 상황을 지켜봤었다. 그런 자신을 기억한다는 건 불가능한 일이다.

얼굴도 아닌 주문한 음식까지 기억하는 건 더더욱 말이다. 사내가 이런 반응을 보이는 건 지극히 당연한 일이다.

"어디 아프신가요?"

"아, 아닐세. 어험!"

"그런데 제게 무슨 일이시죠?"

"아…… 내일 있는 천검맹 시험을 본다고 하지 않았나?"

"그것 때문에 저를 쫓아오신 건가요?"

"그렇네. 나도 내일 입맹 시험을 치를 것이라서 말일세."

"목적지가 천검맹인 것은 맞습니다만, 무인으로서 입맹을 하고자 하는 건 아닙니다."

"그럼 아까 그자들에게 한 말은 뭔가?"

"그냥 해 본 말이었습니다."

"중요한 건 앞으로 자네의 안위일세."

사내의 표정이 급격하게 굳어졌다.

"천검맹 무인을 건드렸으니 당장 낙양을 떠나야만 하네."

"제가 왜 그래야 하죠?"

"그걸 정말 몰라서 하는 소리인가?"

사내는 너무나 순진한 얼굴을 하고서 되묻는 반사영을 이상한 사람처럼 쳐다봤다.

"전 잘못이 없습니다."

"잘못이 없는데 왜 도망치듯 사라졌나."

"다른 일행이 몰려올까 봐 그랬습니다."

"그건 잘한 일일세. 하지만 그다음이 문제란 말일세. 천화객에서 자네와 천검맹 무인들과의 일을 본 사람들이 너무나 많지 않나. 무인에게 자존심이란 목숨과도 같은 것일세. 자네는 그런 그들을 건드린 것이야. 이대로 낙양에 머물고 있다가는 자네는 천검맹으로 끌려갈 것이 불을 보듯 뻔한 일이지."

"이해할 수 없는 일이군요."

사내는 너를 이해할 수 없다는 말이 입 밖으로 튀어나올 뻔했다. 세상 물정 모르는 놈이라고밖에 생각이 들지 않았다.

"일단 숙소를 정하지 않았다면 나와 함께 가지."

"……."

"그런 눈으로 볼 것 없네. 천검맹에서 요직에 계신 분과 친분이 두터운 사이네. 만약 천검맹 무인들이 자네에게 해코지를 하려 한다면, 그분의 이름을 대고 내가 본 그대로의 자초지종을 설명해 줄 수 있네."

하지만 반사영의 눈초리는 여전히 경계를 띠고 있었다. 사내는 마치 어린아이를 감언이설로 꼬드기는 파렴치한 납치범이 된 것 같은 착각이 들었다. 사내는 어쩔 수 없이 자신의 이름을 말할 수밖에 없었다.

"백리웅(百里雄)이네."

"……?"

"내 이름 말일세."

"아, 그렇군요. 전 반사영이라고 합니다."

'아, 그렇군요.'라는 반응이 나올 줄은 미처 몰랐던 백리웅이다. 자신에게는 백리세가의 피가 흐르고 있었다. 백리세가는 천검맹의 구중천에서도 위지세가 다음으로 쳐주는 가문이었다.

무림에 무지한 자라 할지라도 반사영 같은 반응을 보일수는 없는 일이다.

그렇다고 자신의 가문에 대한 자화자찬을 떠벌릴 수도없는 노릇이었다.

"지금 딱히 정해진 숙소는 없으니, 귀공을 따라가겠습니다."

"그, 그래 주겠나? 그리고 귀공은 무슨…… 앞으로 형님이라 부르게."

"하하! 그렇게 하겠습니다."

백리웅은 문득 이상하다고 생각했다. 그냥 도움을 주고 싶었을 뿐이다. 한데 마치 반사영에게 자신이 도움을 주고 싶어 안달 난 사람처럼 행동한 것 같다는 기분이 들었다.

하여튼 뭔가 이상한 녀석임에는 틀림이 없었다.

"예의가 아닌지는 알지만, 한 가지 물어봐도 되겠나?"

"예의가 아니면 하지 않는 것이 도리라 배웠습니다."

"그, 그런가."

"농이었습니다."

"그리 재밌지는 않군."

오늘 처음 봤지만 백리웅은 반사영의 머리를 한 대 쥐어박고 싶은 충동이 들었다. 그러면서도 왠지 자신이 앞으로 이끌어 줘야 할 것 같은 묘한 책임감을 느끼기도 했다.

반사영은 말끔하게 씻은 뒤라 다시 예전의 모습으로 돌아가 있었다. 백리웅도 깜짝 놀랄 만한 외모였다. 엄청난 미공자는 아니지만, 풍기는 분위기는 훨씬 고급스럽게 바꾸어 있었다.

"자네 사문이 어딘지 궁금한데 말이야."

"없습니다, 그런 거."

"없어? 그럼 사부님은?"

"그건…… 비밀로 하겠습니다."

백리웅은 더 이상 묻지 않기로 했다. 무림인치고 아픔이나 비밀이 없는 과거를 지닌 자는 없었다. 하지만 속으로는 궁금해 미칠 지경이었다. 사문이 없는 건 이상한 일이 아니다. 다만 천화객에서 보여 준 반사영의 움직임은 호기심을 자극하기에 부족하지 않았다.

비록 천검맹 일반 무인들이라 하더라도 엄격한 수련을 통해 단련된 자들이다. 그런 이들을 그토록 빠른 시간 안에 제압을 한다는 건 가벼운 일이 아니었다.

두 사람은 저녁을 먹기 위해 아래층으로 내려갔다.

"백리라는 성을 이어받으셨으면서 천검맹 입맹 시험을 따로 치르는 이유가 있나요?"

"이런…… 자네!"

반사영은 씩 웃었다. 백리웅이 이름을 밝혔을 때 솔직히 놀란 건 사실이다. 이미 반사영은 오랜 시간 무림에 대해서 궁금해 왔고, 또한 책을 통해서 접해 왔던 경험이 있었다. 그런 그가 구중천에 중심 역할을 해 오는 백리세가를 모를 리가 없었다.

모르는 척했던 것은 백리웅을 시험해 보고 싶었던 마음
이 컸다. 자신이 가진 것을 과시하는 사람이었다면 함께
이곳으로 오지 않았을 것이다. 그것만으로 백리웅을 평가
할 수는 없는 일이지만, 반사영의 입장에서는 친분을 쌓
아 둬서 나쁘지는 않을 인물임에는 틀림이 없었다.

"그럼 그렇지! 무림인치고는 백리세가를 모르는 게 이
상한 일이지."

백리웅은 어린아이처럼 기뻐했다.

반사영은 무림인이라는 그의 말에 조금 낯설었지만 크
게 신경 쓰지 않았다. 백리웅의 말처럼 백리세가를 모른
다는 건 말이 되지 않는 일이었다.

사람들은 구중천 중 위지세가를 으뜸을 꼽는다. 하지만
조금이라도 무림 정세에 관심을 두고 있는 이들은 백리세
가를 잠룡으로 부른다.

그 성장 가능성과 속도는 이미 위지세가를 위협하기에
부족함이 없는 것이 사실이다.

특히나 이번에 백리세가의 가주로 자리한 백리천호(百
里天豪)는 사십 대의 젊고 패기가 넘치는 인물이었다. 무
공뿐만 아니라 야욕도 강해 언젠간 위지세가를 꺾고 천검
맹 맹주 자리에 오를지 모를 일이다.

"대부분 구중천 수장들의 직계라면 그렇게들 하지."

"직계가 아니라는 소리군요."

백리웅은 씁쓸하게 웃으며 고개를 끄덕였다.

"워낙에 내놓은 자식인지라 늘 주목받지 못한 채 겉돌았지."

"하지만 백리세가 본가에서 자라고 나셨다면 웬만한 절기들은 배우셨을 테니 입맹 시험은 무난하게 치르시겠네요."

"후훗. 그렇지도 않네. 난, 본가에서 나고 자라지 않았으니."

백리웅은 화주를 시켜 잔에 따르더니 들이켰다. 본가에서 자라지 못했다면 그저 형식적으로나마 백리라는 성을 이어받은 것이리라. 반사영은 아마도 그의 성장 과정이 남들보다 훨씬 힘들었을 거라고 짐작할 수 있었다.

"그런데 자네, 천검맹 내에서 근무하는 관리가 되고 싶은 건가?"

"네."

"자네 정도의 실력이면 무인으로서의 시험은 기본으로 통과하는데다가 잘하면 중요 무력 부대에서 활동을 할 수 있을 텐데."

반사영은 고개를 가로저었다.

"무림인으로 살고 싶은 생각은 없습니다."

거짓말을 한다는 건 꺼림칙한 일이지만, 오늘 처음 만

난 사람에게 개인적인 일을 설명하고 싶지는 않았다.

"상당한 무공을 지녔음에도 무림인으로 살고 싶지 않다? 이해할 수 없군."

"……."

"오늘 있었던 일…… 경솔했네. 자네의 사문을 물어본 건 그만한 일을 저질렀다면 믿는 구석이 있을 거라 생각해서였네."

백리웅은 어느새 술 한 병을 비우고 다시 주문했다.

"사문이 변변치 못하다면 아무리 능력이 뛰어나도 출세하기는 힘들지. 천검맹은 사문을 중요시하는 곳 중 하나네. 자신들의 세가와 문파에서 배출한 자제나 제자들이 중요한 자리에 앉아 권력을 움켜쥐고 있지."

"상관없습니다. 출세에 관심이 있는 것도 아니고, 그들이 먼저 시비를 걸어왔으니 전 떳떳하니까요."

백리웅은 반사영이 답답했다.

아직 세상 물정을 몰라도 너무 몰랐다. 마치 예전의 자신을 보는 것 같아서 더 마음이 쓰였다.

앞으로 반사영이 겪어야 할 미래가 보이기에 가슴이 답답해졌다. 자연스럽게 본래 주량을 넘어섰다.

내일 있을 천검맹 시험으로 인해 두 사람은 일찍 잠을 청했다. 백리웅은 반사영을 보호해 준다는 명목을 잊은 채 잠이 들어 버렸다.

하지만 반사영은 탁자 위에 놓인 서찰을 읽고 나서 쉽게 잠들지 못했다. 그 서찰에 적힌 내용을 반사영은 떠올렸다.

반적풍의 신분과 그가 왜 죽었는지를 알고 싶다면 반드시 천검맹 입맹 시험을 치르라는 내용이었다.

즉, 오늘 있었던 천검맹 무인들과의 싸움을 이 서찰을 보낸 이는 지켜보고 있었다는 것이다.

혹시라도 오늘 있었던 사건으로 인해 천검맹 입맹 시험을 보지 않고 도망칠지도 모른다고 상대는 생각했을 수도 있었다.

반사영은 아버지가 그저 그런 삼류 무림인이었다고 생각해 왔다. 아버지의 무공을 배우고, 익히는 과정에서 그런 생각들은 버려야만 했다.

천검맹 무림인들을 아주 가볍게 쓰러트린 건 아직도 실감이 나지 않은 반사영이다. 그들의 움직임이 너무나 느렸고, 피하고 반격하는 건 너무나 쉬운 일이었으니까 말이다.

'아버지의 신분?'

도대체 아버지가 천검맹에서 어떤 존재였는지 지금의 반사영으로서는 짐작이 가질 않았다. 분명한 건 자신이 어린 시절 생각하던 그저 그런 삼류 무인은 아닐 것이라는 확신뿐이었다.

"어제 혹시 무슨 실수라도 하지 않았나?"

아침에 눈을 뜨자마자 백리웅은 걱정스러운 얼굴로 반사영에게 물었다. 본래 무림인들에게 술기운을 없애는 것쯤은 어렵지 않은 일이다. 하지만 어제는 취하고 싶다는 마음이 앞섰다. 덕분에 어제의 일이 가물가물했다.

주사가 있는 건 아니지만, 그래도 찜찜한 마음이 들어 물어보는 것이다.

"실망입니다."

"그, 그게 무슨 말인가?"

백리웅의 얼굴이 벌겋게 달아올랐다.

"옷은 입으라고 있는 거지, 찢으라고 만든 것이 아닙니다. 특히나 계집의 옷이 아닌 사내의 옷을⋯⋯."

침통한 표정으로 반사영이 고개를 숙이자, 백리웅은 벼락을 맞은 듯 몸을 부르르 떨었다.

"내가⋯⋯ 자네 옷을 찢으려 들었다고? 내가?"

반사영은 묵묵부답일 뿐이다. 그저 한숨을 내뱉고는 먼 산을 쳐다봤다. 그 옆에 있는 백리웅의 얼굴빛이 똥색이 되는 것도 모른 채 말이다.

"미, 미안하네. 사과하지. 하지만 그렇다고 내가 남색을 즐긴다거나 뭐 그런 소수의 취향일 거라고 오해는 말아 주게나."

"글쎄요. 아무리 술에 취했다고는 하나 도저히 제 상식
으로는 이해할 수가 없었을 뿐입니다."

백리웅을 골려 먹는 재미에 빠진 반사영은 터져 나오려
는 웃음을 참느라 곤혹스러웠다. 백리웅은 반사영이 처음
으로 사귄 무림인이다. 지금까지 그려 오던 잔혹하고 삭
막한 무림인의 고정관념을 그가 깨트려 주고 있었다.

어수룩하고 순수한 모습이 반사영은 마음에 들었다. 반
사영의 거짓말에 자신이 농락당하고 있는지도 모른 채 백
리웅은 사과와 변명을 늘어놓았다.

그런 와중에 두 사람은 천검맹 총타에 점점 가까워졌
다.

"저도 입맹 시험을 치를까 합니다."

"정말인가?"

"네. 생각이 좀 바뀌었거든요."

"어허, 사내대장부가 되어서 하룻밤 만에 말을 바꾸다
니. 나야말로 자네에게 실망했네."

"하룻밤 만에 동생에게 연모하는 마음을 품은 형님보다
야 낫다고 생각하는데 말이죠."

"……."

백리웅은 입을 굳게 다물었다. 이래저래 반사영에게 약
점 하나는 크게 잡힌 것만은 사실이었다. 그런 더러운 짓

을 저지른 자신을 책망할 수밖에 없었다.

천검맹에 다 와 갈수록 백리웅의 얼굴은 점점 굳어졌다. 바로 반사영이 어제 저지른 일 때문이다.

천검맹 입맹을 원하는 자가 천검맹 무인을 건드렸다? 이것만큼 골치 아픈 일도 없었다. 어제와는 달리 외적으로 깔끔해져 있었지만, 안심할 수준도 못 되었다.

특히나 어제 반사영은 스스로 천검맹 입맹 시험에 관련된 말을 내뱉었다. 아마 어제 반사영에게 당한 자들과 상관들이 그를 잡으려고 눈에 불을 켜고 찾고 있을 것이다.

만약 일이 상상도 못할 정도로 커진다면 자신이 반사영을 지켜 줄 수 있을까? 막상 말은 그렇게 했지만 솔직히 점점 자신이 없어졌다.

반사영에게 말했지만 자신은 본가에서 자리지도 못한 처지였다. 하지만 일단은 백리라는 성을 이용하여 어느 정도 선에서 마무리를 한다면 그렇게 불가능한 일도 아니라는 생각이 들었다.

"놀라지 말라고."

백리웅이 천검맹 총타를 방문하는 건 이번이 두 번째였다. 처음 이곳을 봤을 때 받았던 충격은 아직도 뇌리에 깊게 박혀 있었다. 곧 반사영도 그때의 자신과 같은 반응을 보일 게 틀림없었다.

"저게 다 뭡니까?"

"뭐긴 뭐냐. 사람이지. 것도 동네에서 난다 긴다 하는 무림인들."

반사영이 놀란 건 당연했다. 천검맹 총타 정문에서부터 길게 늘어진 행렬의 길이만 족히 삼십 장이다. 촌구석에서만 자라 오던 반사영이 한 번에 저렇게 많은 인원이 줄을 서고 있는 광경을 봤을 리가 없었다. 가히 장관이라고 해도 과언이 아니다.

"저 사람들이 다……."

"그렇지. 모두가 오늘 있을 입맹 시험을 보기 위해 상경한 자들이지."

반사영의 반응이 재밌는지 백리웅은 웃음을 감출 수 없었다.

"워낙 시골에서 자라 온 것 때문인지 반응이 아주 격렬하군."

백리웅은 반사영이 자신을 놀린 것에 대한 소심한 복수를 했다. 반사영에게 그런 백리웅의 목소리는 들리지 않았다.

그저 입을 벌리고, 그 광경에 좀 더 놀라고 있는 중이다.

"아마 오늘 하루 가지고는 안 될 거야. 적어도 사흘 정도는 지나야 모든 시험이 끝이 나겠지."

"그렇겠군요. 매번 이렇게 사람들이 몰리나요?"

"천검맹 입맹 시험은 일 년에 딱 세 번 있지. 적은 기회니만큼 몰리는 인원수가 많을 수밖에. 이번에는 적은 편일 걸 아마."

두 사람은 긴 행렬에 동참했다.

백리웅은 입맹 시험 과목에 대해서 자신이 알고 있는 한도 내로 설명을 해 줬다.

입맹 시험은 크게 세 가지를 본다. 경공, 보법, 비무. 그 세 가지 모두를 잘 봐야 입맹을 할 수 있는 건 아니다. 세 가지 중 한 분야만 통과하면 합격이다.

물론 이렇게만 설명한다면 누구나 천검맹 시험을 우습게 볼 것이다. 문제는 세 분야의 시험을 본다는 것에 있었다. 바로 천검맹 소속이 되어 있는 무인을 상대해야 한다는 점이다. 경공으로 천검맹 무인보다 목적지에 먼저 도착해야 했다.

커다란 원 안에서 보법으로만 천검맹 무인의 공격을 십 초 이상 버텨 내야만 했다.

가장 최고 난이도인 비무 또한 마찬가지다. 서로가 가장 치열하게 다투고, 부상자도 많이 나오는 시험 과목이었다. 물론 비무 합격자는 전무할 정도였다.

고로 일 년 동안 천검맹 시험을 통과하는 자들의 평균적인 숫자는 서른 명 안팎이다.

설명을 모두 들은 반사영은 혀를 내둘렀다.

이 많은 이들 중 대다수가 떨어질 정도의 경쟁률일지는 몰랐던 것이다. 그저 힘들다고만 알고 있었을 뿐이다.

물론 반사영이 어제 때려눕힌 놈들은 이 시험을 통과했거나, 구중천 내 자제나 제자들이었다.

오후 늦게나 되어서야 반사영과 백리웅은 총타 정문으로 들어설 수 있었다. 안으로 들어왔다고 바로 시험을 보는 건 아니다. 그저 밖에서 기다리지 않을 뿐이다. 안으로 들어와서도 언제까지고 마냥 자신들의 차례가 될 때까지 있을 수밖에 없었다.

만약 해가 질 때까지 시험을 보지 못하면 따로 마련된 건물에서 숙박을 하게끔 되어 있었다.

결국 대기자가 많은 관계로 두 사람은 배정된 건물에서 하룻밤을 머물러야만 했다. 시험을 치르는 곳은 총타 내에서도 외진 구석에 있었다.

총타 내를 구경하고 싶었지만, 머무는 건물 근처로만 구경이 가능한 상태였다. 반사영은 기분이 묘했다.

이 넓디넓고 대단한 곳에서 아버지가 자신의 모든 걸 걸면서까지 지키고 하고자 했던 일은 무엇이었을까. 그건 자신이 반드시 알아내야 할 숙제였다.

시비의 안내를 받아 두 사람은 식사를 하기 위해 식당으로 내려갔다.

"어째 좀 조용하지?"

"형님께서 겁을 주신 거에 비하면 이상할 정도죠."

"그러게 말이야."

백리웅의 예상대로라면, 반사영을 찾아내기 위해 시험장 주변을 어제 그 녀석들이 들쑤시고 다니고 있어야 했다.

하지만 예상외로 조용했다. 뭐, 두 사람에게는 다행스러운 일이었지만 말이다.

"여어! 이게 누구야."

식사를 마치고 나오는 두 사람에게 누군가 아는 체를 하며 다가왔다. 붉은색 영웅건을 두른 삼십 대 초반의 사내였다. 그의 눈은 백리웅을 향해 있었다.

그가 누구인지 알아본 백리웅의 안색이 어두워졌다.

"백리연(百里燕)……."

"소문인 줄만 알았는데, 정말로 입맹 시험을 보러 오다니. 놀라운데?"

백리연이라는 사내의 입꼬리가 사납게 말려 올라갔다. 명백한 비웃음이다. 오늘 처음 본 남자지만 반사영은 그의 눈빛이 굉장히 불쾌했다.

"오랜만이다."

"오랜만이다? 이거야 원…… 이거 안 보이나 보지?"

백리연은 자신의 영웅건을 가리켰다.

"아무리 멍청한 네놈이라도 이게 뭘 뜻하는지 잘 알겠지."

천검맹 무복을 입고 이마에 영웅건을 둘러맸다는 건 일반 무인이 아니라는 증거였다.

"적랑대(赤狼隊)."

"잘 아네. 그렇게 잘 아는 놈이 반말을 찍찍 내뱉어? 이제 겨우 입맹 시험을 보러 온 주제에?"

백리연(百里燕)은 건들거리며 백리웅에게 다가왔다. 그러더니 백리웅의 뺨을 툭툭 치기 시작했다.

"이래서 아비 없는 것들이랑은 상종을 말아야 돼요. 것도 첩의 새끼들은 더욱더."

으드득.

백리웅의 이빨을 가는 소리가 소름 끼치게 들렸다.

"세가 망신을 시키고 싶지 않다면 당장 낙양을 떠나는 게 좋을 거야. 세가와 가주를 네놈이 조금이라도 생각한다면 말이다……!"

백리연은 자신의 손목을 잡은 반사영을 쳐다봤다. 아주 불쾌한 눈빛으로 말이다.

"그만."

"그만?"

반사영은 아주 짧게 말했다. 백리웅을 대하던 때와는 완전히 다른 기운이 뿜어져 나왔다.

백리연은 순간적으로 그 기운에 몸이 움찔거렸다. 하지만 명색이 적랑대의 무인이다. 세가의 힘으로 들어간 것이 아닌, 순전히 본인의 능력으로 들어갔다. 게다가 입대한 지 삼 년 만에 다섯 명의 부대주 중 한 사람으로서 이름을 올린 그였다.

반사영의 기세가 보통은 넘지만, 그래 봤자 입맹 시험을 보러 온 애송이에 불과했다. 하지만 그가 모르는 것이 하나 있었다. 반사영이 본연의 힘을 제대로 드러내지 않았다는 것이다. 겨우 삼 할 정도만 흘려보낸 정도였다.

"제법 무인 티를 좀 내는 모양인데…… 꼬마야, 내가 지금 당장 한마디만 하면 주변에 있는 적랑대가 네 온몸을 갈기갈기 찢을 수가 있다는 걸 명심해라."

"사영…… 사과해라."

더 이상 일이 커지는 건 막아야 했기에 백리웅이 나섰다. 자신으로 인해 반사영이 피해를 볼 수는 없는 일이다.

하지만 반사영은 사과를 하지 않았다. 그저 입을 꽉 다문 채 백리연을 노려볼 뿐이다.

"대주께서 찾으십니다."

아마 적랑대 대원이 백리연을 찾아오지 않았다면 두 사람은 오늘 피를 봤을 것이다.

"저 자식 뭡니까."

백리연이 수하를 따라 사라지는 모습을 보며 반사영이

물었다.

"백리세가 전대 가주의 셋째 아들. 자네가 만약 오늘
저 녀석을 건드렸으면 아마 이곳에서 뼈를 묻었어야 할
거야."

결코 허언이 아니었다. 만약 백리연의 몸에 작은 상처
라도 났다면 적랑대가 달려들었을 일이다. 운이 좋아 살
아남았다 하더라도 그 이후부터는 살아도 사는 삶이 아니
었을 것이다. 그때는 백리세가 전체의 표적이 되었을 테
니까 말이다.

백리웅은 진심으로 반사영이 걱정되었다. 저렇게 자존
심을 굽히지 않는다면 입맹을 한다고 하더라도 결코 순탄
치 않을 것이기 때문이다.

사실 백리연에게 보낸 살기는 백리웅으로서도 꽤나 놀
랄 만한 기운이었다. 적랑대 부대주로 있는 백리연이 움
찔할 정도로 날카로웠다.

'대체 정체가 뭐지?'

저 나이에 저런 기운을 풍기는 게 얼마만큼이나 어려운
일인지 백리웅은 모르지 않았다.

다음 날, 어제 끝나지 않은 입맹 시험이 진행되었다.

경공과 보법 시험을 치른 반사영과 백리웅이 앉은 대기석
은 커다란 연무장이 내려다보이는 곳이었다.

"저 녀석 상당한데?"

백리웅이 가리킨 곳으로 반사영의 시선이 향했다.

천검맹 무인을 상대로 호각을 다투고 있는 사내는 이틀
전 반사영처럼 몰골이 엉망이었다.

하지만 몸놀림이 예사롭지 않았다. 입맹 시험 중 가장
어려운 게 비무였다.

"저 사람, 경공과 보법 모두 합격이었어요."

"괴물이군."

백리웅은 유심히 그 사내를 지켜봤다. 나이를 짐작하기
는 어려웠지만 자신 또래로 보였다. 한데 풍기는 기운은
웬만한 노고수 못지않았다. 마치 어린아이와 비무를 하듯
여유가 넘쳐흘렀다.

만약 저자가 비무마저 합격을 한다면, 이번만이 아니라
역사상 다섯 번째로 세 분야 모두 통과를 한 사람으로 등
극하는 것이다.

모든 관심은 저 남자에게로 쏠릴 것이 틀림없었다.

"어디서 본 듯한 움직임인데."

분명 저 사내가 목검을 휘두르는 모습이 낯이 익었다.

"유성검문(流星劍門)."

반사영의 말에 백리웅은 뒤통수를 크게 얻어맞은 기분

이었다.

"신검무(新劍舞)!"

백리웅은 자신도 모르게 큰소리로 외쳤다.

"유성검문의 독문검법이 아닌데다 이미 배척받은 지 오래된 신검무를 저 남자가 펼치고 있네요. 아주 완벽하게."

반사영은 아무렇지 않은 말투로 말했다. 하지만 백리웅은 비무를 벌이는 남자보다 옆에 있는 반사영이 더 괴물 같다고 느껴졌다. 겨우 목검을 휘두르는 모습을 보고 사문과 검법을 알아맞히는 일은 그의 상식으로는 불가능했다.

그것도 이렇게 젊은 녀석이라면 더더욱 말이다.

"어떻게 알았나?"

"본 적이 있습니다. 책에서."

"지금 나를 놀리는 건가?"

"신검무…… 유성검문 역사상 가장 오래된 검법이지만 익히기가 매우 까다롭고, 깨달음을 얻는 데에도 상당한 시간이 걸리죠. 자연스럽게 배우고자 하는 이들이 없어져 유성검문 내에서도 신검무를 펼칠 수 있는 사람은 없다고 읽은 기억이 납니다."

"허어!"

기가 막힐 노릇이다. 책에서 봤다고 하더라도 직접 신검무를 본 적은 없을 것이다. 그저 책으로 통해서 읽었다고 하더라도 불가능한 일이다.

"형님은 뭘 보고 낯이 익다고 하신 건데요?"

"딱 한 번 본 적 있네. 신검무를 펼치는 모습을."

"역시 책은 완전히 믿을 게 못 되는군요. 분명 펼칠 수 있는 사람은 없다고 적혀 있었는데."

"후후훗."

"왜 갑자기 웃어요?"

"생각지도 못한 인연을 만난 것 같아서 그러네."

"예?"

백리웅은 기분 좋은 미소를 보이고 있었다.

"긴장했나?"

"그럴 리가요."

"자네라면 쉽게 이길 거야. 게다가 세 개 중 보법을 통과했으니 진다고 하더라도 문제 될 건 없지."

반사영과 백리웅은 오전에 비무를 제외한 시험에서 각각 한 분야씩 통과했다. 그로 인해 천검맹 입맹 시험을 통과한 셈이다.

하지만 절차상 마지막 시험인 비무를 건너뛸 수도 없었다. 자존심이 없지 않는 이상 치러야 하는 관문이었다.

"……!"

본래 비무 시험은 천검맹 일반 무인을 상대해야 했다. 물론 지금 눈앞에 있는 상대도 일반 무인들이 입고 있는 백색 무복을 차려입었다.

하지만 반사영의 앞에는 어제 백리웅에게 시비를 걸었던 백리연이 씩 웃고 있었다.

반사영은 왜 그가 이 자리에 있는지 단번에 알아차릴 수 있었다. 비무라는 명목 아래 어제 건방지게 군 자신에게 일종에 보복을 하려는 짓이라는 걸 말이다.

"웃어?"

백리연은 자신을 보며 비웃음을 흘리는 반사영을 보며 어처구니가 없었다.

"실망이네요. 천검맹 칠대무력조직 중 하나인 적랑대 부대주께서 사사로운 마음으로 맹의 규율을 어기시다니."

"아직 상황 파악이 안 되는 모양이구나. 주둥이를 함부로 놀리는 걸 보니."

대충 어디 한군데 분질러 버릴 생각이었지만, 반사영의 태도를 보고는 마음이 바뀌어 버린 백리연이다.

─사영…… 조심하게!

백리웅의 전음을 들은 반사영은 한껏 여유로운 표정이었다.

─잘 지켜보세요, 형님. 소원 풀이해 드릴 작정이니.

"내가…… 지금 꿈을 꾸고 있는 거냐."

백룡단(白龍團) 단주 공문기(公文起)는 백지장처럼 얼

굴이 하얗게 질려 있었다.

"꿈은 아닌 듯합니다, 단주."

옆에 있는 수하의 말에도 불구하고 공문기는 제발 이게 꿈이길 바랐다.

백룡단은 입맹 시험을 총괄하고, 갓 입맹한 무인들을 관리하고 수련시키는 일을 맡고 있었다. 천검맹 내에서 무복을 입고 영웅건을 두르지 않은 자들은 모두가 백룡단 소속이었다.

그런데 앞으로 백룡단 소속이 될 녀석이 백리연을 구타하고 있는 모습은 전혀 현실감이 떨어졌다.

백리연이 누구던가! 적랑대는 물론 천검맹 내에서도 악랄하기로 유명한 인물이었다. 게다가 적랑대 부대주 자리는 거저 얻은 것이 아니다.

그런 그를 복날 개 잡듯 두드려 패고 있는 장면이 공문기의 눈앞에서 펼쳐지고 있는 중이다.

"말, 말려야 되는 거 아닙니까?"

입맹 시험은 백룡단원들이 주관했다.

한데 오늘 아침 백리연이 찾아와 자신이 백룡단 옷차림을 하고서 비무를 하겠다는 부탁을 해 왔다.

말이 부탁이지, 협박이나 다름없었다.

누군가 비위에 거슬리는 놈이 있었던 모양이었다. 한데 반대로 된통 얻어맞고 있으니 당하는 백리연도 어이가 없을 것이다.

문제는 이후에 있을 후폭풍이다.

백리연은 적랑대 부대주이기 전에 백리세가의 혈육이다. 만약 그가 저토록 걸레짝이 되어서 몸져누워 있는 게 소문이라도 나는 날에 담당자인 자신의 미래는 장담하지 못하게 된다.

"마, 말려라! 어서!"

생각이 거기에 미치자 공문기는 벼락같이 소리쳤다.

"대체 저놈은 정체가 뭐란 말이냐!"

5장.
새로이 만난 사람들

삼 일간에 진행된 천검맹 입맹 시험이 끝이 났다. 이번 입맹 시험은 천검맹 내에서도 화젯거리를 많이 낳았다.

하나는 경공, 보법, 비무 세 분야 모두 통과한 녀석이 있다는 것. 또 다른 하나는 적랑대 부대주 백리연이 입맹 시험을 치르는 비무에 참여했다가 듣도 보도 못한 애송이에게 졌다는 것이다.

그것도 인정사정없이 쥐 터져 반나절은 정신을 차릴 수 없었다는 건 무료하던 천검맹 내에서 활력소가 되는 이야기였다.

하지만 구중천에서 한 축을 담당하는 백리세가의 입장에서는 망신살이가 아닐 수 없었다. 백리연과 같은 피가 흐르는 이들은 물론 백리세가의 제자들은 고개를 들고 다니지 못했다.

천검맹에 규율을 어긴 백리연은 당분간 적랑대 부대주의 직위를 박탈당하고 근신 처분을 당해야만 했다.

"좋아하실 줄 알았는데요."

"기고만장하던 녀석이 망신을 당한 건 좋은 일이지만…… 인정받지 못한다고는 해도 나 또한 백리 성을 이어받지 않았나."

"그렇군요, 죄송합니다."

반사영은 진심으로 미안해했다. 백리웅의 얼굴이 이토록 어두워질 줄은 예상하지 못했던 일이다.

"아닐세. 어차피 백리연이 자초한 일이니 자네를 탓할 생각은 없네."

"한데 언제까지 그런 요상한 말투를 쓰실 건데요?"

"응?"

"저는 형님을 형님이라고 부르는데, 형님은 저를 자네라고 부르시지 않습니까."

"그, 그렇군."

"앞으로는 조심해 주셨으면 좋겠습니다. 동생이 부끄럽지 않게요."

백리웅은 반사영을 보며 웃음을 터트렸다.

"그렇게 하겠…… 아니, 앞으로는 그러도록 하마."

백리웅은 자신에게 귀여운 동생 하나가 생긴 것 같아 기분이 좋아졌다.

두 사람은 시험에 통과를 했고, 정식적으로 천검맹 무인이 되었다. 반사영, 백리웅과 같이 이번 시험에 통과한 이들은 총 서른 명이다.

대부분이 이름 없는 문파의 제자들이거나 낭인 생활을 해 오던 자들이었다. 백룡단이라는 거창한 조직명이 있기는 했지만, 사실 천검맹 내에서는 무시를 받기 위해 태어난 조직이나 마찬가지였다.

여기저기 흩어져 칠대무력조직에 속해 있는 이들의 심부름을 하는 처지나 다름없었다.

그럴 수밖에 없는 것이 백룡단 소속 무인들은 명망이 높은 세가나 문파, 무공사부나 인맥이 없는 이들이 태반이었다. 그런 뒷배경이 있었다면 백룡단이 아닌 칠대무력조직에 바로 속해졌을 테니까 말이다.

있는 놈들은 어떻게든 잘 먹고, 잘 사는 이치가 천검맹 내에서도 관례처럼 이어져 오고 있었던 것이다.

하지만 그런 무시를 받으면서도 백룡단 무인들은 천검맹 울타리 안으로 들어왔다는 사실만으로도 뿌듯해했다. 안에서는 무시를 받을지언정 밖에서는 당당해질 수 있는 것이다.

게다가 보수도 어느 곳보다 괜찮았고, 생활하는 환경도

훌륭했다.

반사영과 백리웅에게는 자유 시간이 주어졌다. 시험을 보기 위해 임시로 머물렀던 그곳에서 하루 정도 휴식을 취할 수 있었다.

돌아다니는 것도 자유였다.

반사영은 어린아이처럼 백리웅을 따라다니며 천검맹 내부를 구경했다. 처음 낙양으로 들어섰을 때만 해도 입을 딱 벌리고 구경에 정신 팔려 있던 반사영이었다.

천검맹 총타의 내부는 상상 이상이었다. 하늘을 찌를 듯 높이 솟아오른 건물의 위용은 보는 이로 하여금 절로 주눅이 들 정도였다.

그런 고층 건물들이 한두 군데가 아니다.

"입 좀 다물지. 침 떨어지니까."

"아……하하!"

멋쩍게 웃으며 반사영은 연신 주변을 둘러보는 데 정신이 없었다,

"저렇게 큰 연못은 처음 봅니다."

"솔직히 말할까?"

"네?"

"나도 처음 봐."

두 사람은 뭐가 그리 좋은지 연신 배를 잡고 웃음을 터트렸다.

"그런데 저에게 얻어맞은 자들이 보이지 않습니다."

"아직 치료를 받고 있을 수도 있어. 그러니 안심하기에는 일러."

워낙 넓은 곳이기에 두 사람이 구경을 다니는 데에도 한계가 있었다. 게다가 내일부터는 정해진 대로 움직여야 했기에 일찍 휴식을 취하기로 했다.

임시 숙소로 돌아오는데, 누군가와 마주쳤다.

"오랜만일세."

백리웅이 사내를 알아보고 말을 건넸다.

반사영도 그가 누구인지 알았다. 신검무를 펼쳤던 사내다. 긴 머리를 깔끔하게 묶은 그는 호리호리한 체형을 갖고 있었다.

"알아보셨군요."

"당연하지. 그때는 자네가 너무 어려서 지금과는 다르지만, 신검무를 못 알아볼 리가 있나."

백리웅과 사내는 서로 일면식이 있는 모양이었다.

"아, 이 친구는 함께 입맹 시험을 본 반사영이네."

"워낙 유명해서 잘 알고 있습니다."

적랑대 부대주를 박살 낸 것 때문이었다.

"단유하(段柳霞)입니다."

"반사영입니다."

"그날 비무는 감명 깊게 봤습니다."

"저 또한 누구도 펼칠 수 없다는 신검무를 통해 개안을
한 기분이었습니다."

단유하는 백리웅을 쳐다봤다. 이 젊은 녀석이 어떻게
신검무를 알아봤는지에 대한 무언의 질문이었다.

백리웅은 어깨를 으쓱거리며 대답을 회피했다.

책을 통해서 알고 있던데, 라고는 차마 대답을 할 수
없었다. 그렇게 말한다면 분명 이상한 놈 취급을 받을 게
분명했다.

"이보게들! 같이 좀 어울리세."

그때 세 사람에게 거한의 사내가 다가왔다.

짧은 머리에 덥수룩한 수염이 딱 산적 두목처럼 생긴
사내였다.

"무태(茂泰)라고 하네!"

처음 본 이들을 대하는 것치고는 무태라는 사내의 태도
는 시원시원하고 거침이 없었다.

백리웅은 그 모습이 마음에 들었는지 씩 웃었고, 단유
하는 무뚝뚝한 눈으로 무태를 쳐다봤다.

'이런 사람치고 머리 좋은 사람은 못 봤는데…… 쩝.'

반사영은 속으로 그런 생각을 하며 입맛을 다셨다.

이때까지만 해도 네 사람은 자신들이 어떤 운명을 함께
맞이할지에 대해서 알 수 없었다.

❖　❖　❖

　새롭게 뽑힌 무인들에게 백룡단의 무복이 전해졌다. 백색 무복…… 이것은 백룡단뿐만이 아니라 천검맹의 상징이기도 했다.

　이 옷을 입는 것만으로도 평범함 무인으로서는 꿈같은 일이었다.

　아침 식사를 마치자 이번에 새롭게 편성된 이들을 불러 모아 놓고 단주인 공문기의 장대한 연설이 시작됐다.

　구태의연하고 따분한 공문기의 말을 듣는 가운데, 여기저기서 하품 소리가 연이어 들려왔다. 특히나 거한의 사내 무태의 하품 소리는 유난히 크게 들렸다.

　"그러게 작작 좀 마시지 그랬나."

　백리웅이 옆에서 혀를 차며 말했다.

　"같이 계셔 놓고 그런 소리를 하십니까. 저기 저 비실비실한 놈이…… 아오, 그냥!"

　무태의 시선은 앞줄에 서 있는 반사영의 뒤통수에 꽂혀 있었다. 어제 처음 만난 네 사람은 몰래 천검맹 외부로 빠져나갔었다.

　물론 정문으로 나갈 수는 없었다. 은밀하게 몰래 나갈 수 있었던 건 작은 개구멍 덕분이었다.

　그런 곳이 있다고 알려 준 사람은 다름 아닌 무태였다.

처음 천검맹에 온 무태가 그곳을 어찌 알았을까.

현 백룡단 단원들 중 무태와 친분이 있는 이들이 많았기 때문이다. 무태가 용호방(龍虎幇) 출신이었기에 가능한 일이었다.

용호방은 낭인들이 모여 만든 세력이었다.

과거 존재했던 구파일방의 개방처럼 지금의 용호방이 그런 세력으로 성장해 있었다.

중원 각지에 흩어져 있는 낭인들의 수는 헤아릴 수 없었고, 그들이 주고받는 정보의 양도 엄청났다.

무태는 용호방에서 태어나 자랐고, 덕분에 인맥이 넓을 수밖에 없었다. 용호방 출신 중에 백룡단에서 단원으로 활동하고 있는 자들도 상당했다.

"샌님같이 생긴 게……."

여전히 반사영을 노려보는 무태는 어제의 일을 떠올리자 이가 갈린다. 어디 가서 술 잘 먹는 걸로는 꿀리지 않을 자신이 있던 그였다.

한데 그 자신감은 어제 반사영으로 인해 처참히 박살났다. 내공을 이용하여 술독을 없애지 않고서 순수한 육체로 술을 받아들였다. 물론 승자는 반사영이었고, 무태는 의식을 잃고 오늘 아침에서야 정신을 차릴 수 있었다.

"분명 무슨 꼼수를 쓴 걸 거야."

아직은 패배를 인정하기 싫은 그였다.

"어이, 무태야!"

공문기의 연설이 끝나고 숙소로 돌아가라는 명령이 떨어진 순간, 반사영이 무태의 이름을 불렀다.

"지, 지금 나한테 한 소리냐?"

무태의 커다란 눈이 당장이라도 튀어나올 듯 커졌다.

"변소 들어갈 때와 나올 때가 다르다더니…… 설마 얼굴에 철판때기 깔고 능청스러운 연기를 하는 거냐, 무태야?"

백리웅과 단유하가 옆에서 끅끅거리며 웃음을 참아 내고 있었다. 정작 무태 본인만 영문을 모르겠다는 표정이었다. 갑자기 반사영이 반말을 찍찍 내뱉자, 얼굴만 벌겋게 달아오를 뿐이다.

"너…… 너 이 자식!"

"형님에게 너?"

"네가 왜 내 형님이라는 거냐!"

"쯔쯧. 이래서 술자리에서의 내기는 믿을 게 못 된다니까."

"내기?"

"아주 연기를 잘하시네. 모르는 척하는 연기가 수준급인데."

무태는 백리웅과 단유하를 쳐다봤다.

두 사람은 여전히 웃음을 참아 내기 어려운 얼굴들이

었다.

"대체 뭐가 웃긴 거요! 설마 내가 어제 술 내기를……!"

그 순간 무태의 얼굴이 새까매졌다.

'이런 젠장!'

이제야 생각이 났다. 샌님같이 생긴 반사영이 먼저 술 내기를 하자고 도발을 해 왔고, 녀석의 코를 납작하게 할 의지가 강했던 무태 스스로가 한 내기!

"표정을 보아하니 생각이 난 것 같은데…… 정식으로 이제부터는 깍듯하게 대해라. 알았지?"

반사영은 진지한 얼굴로 무태의 어깨를 툭툭 치기까지 했다. 아무리 내기를 했기로서니, 그것도 술자리에서 한 내기를 진정 실행에 옮기다니.

백리웅은 혀를 내둘렀다.

나이는 어리지만 뭔가 꽉 막힌 구석이 있었다.

"심호흡 좀 해라. 얼굴 터지겠다."

세 사람 중 동갑내기인 단유하의 말에 무태는 토해 내듯 숨을 내뱉었다.

"이 자식! 가만 안 둔다. 오늘 다시 승부를 보자고!"

멀어져 가는 세 사람의 등 뒤에 대고 무태가 소리쳤다.

백룡단으로 입단하고 나서 일 년이라는 수련 기간을 거쳐야만이 진짜 백룡단 무인으로 인정을 받게 된다.

그 기간 동안에 오랜 시간 내려오는 내공심법, 검법, 권법, 지법, 보법과 경공을 차례대로 배운다. 그 과정은 지루할 틈도 없이 빠르게 진행된다. 열에 하나는 그 과정이 힘들어 중도 포기를 했다.

이번 시험에 합격한 이들의 숫자는 도합 서른 명이다. 이들은 세 개의 대로 나뉘어 각각 정해진 시간표대로 움직였다.

그리고 그 세 개의 대에서도 다섯 명 내지는 네 명으로 이루어진 조의 조원들이 같은 방을 쓰게 되어 있었다.

반사영과 백리웅, 그리고 단유하와 무태가 공교롭게도 같은 조에 속했다. 고로 네 사람은 일 년간 같이 자고, 먹고를 반복해야만 했다.

"사내놈들끼리 일 년을 지내야 한다니. 염병할!"

무태는 덩치와 안 맞게 눈망울이 그렁그렁해져 있었다.

"마치 이런 과정이 있었을 거라고는 생각하지 못했던 말투로군."

"알고 있었죠. 하지만 막상 닥치니 속에서 천불이 납니다."

"그건 나도 마찬가지야."

단유하가 무태를 거들고 나섰다.

"크하하하! 이거 누구처럼 완전 샌님인지 알았더니 통하는 구석이 있었구먼!"

반사영은 눈살을 찌푸렸다.

"조용히 좀 하지, 무태."

여전히 반말을 내뱉는 반사영의 말을 무태는 조용히 무시했다.

"너는 계집이 뭐라고 생각하냐."

"삶의 희망!"

"계집은 사내에게 소금 같은 거다."

"소금?"

"그래, 소금. 영양분은 없어도 음식에 맛을 내주거든!"

"음…… 으하하! 기가 막힌 표현이구나!"

두 사람은 서로를 보며 좋아 죽겠다는 얼굴들을 하고서 웃음을 터트렸다. 반사영은 그래도 좀 멀쩡해 보이던 단유하가 저렇게 음담패설을 나누는 걸 보며 혀를 찼다. 역시 사람은 겉으로 판단해서는 안 된다는 걸 배웠다.

"그래, 너도 계집질 좀 했던 모양이지?"

"내 별호가 뭐였는지 알아?"

"응?"

"옥면검(玉面劍)! 산동에서 옥면검 단유하를 모르는 계집은 없다고 해도 과언이 아니지!"

"네 상판이 옥면까지는 아닌데?"

무태는 냉정하게 평가했다.

"모름지기 남자는 내 이 허벅지처럼 굵고 단단해야 계

집질 좀 한다는 소리를 듣는 거라고."

"수준 떨어져서 같이 못 있겠네."

"크흐흐. 뭐, 계집을 품어 봤어야 대화가 통하는 법이지. 아직 솜털도 가시지 않은 게 이 형님들이랑 급이 같겠어? 술만 잘 마신다고 다 남자는 아니지."

"어이구, 자랑이십니다."

무태는 반사영이 자신들을 부러워하고 있다는 확신이 들자 기분이 좋아졌다. 어제 일에 대한 복수를 했다는 생각에 통쾌함이 들었다.

하지만 그것도 잠시, 이 지옥 같은 생활을 해야 한다는 생각에 착잡한 심정이 들었다.

"후회하나?"

"그런 아닙니다. 단지 답답할 뿐이죠."

"자네는 왜 백룡단에 들어왔나? 자네 성격에는 자유로운 용호방이 더 나았을 것인데."

"피치 못할 사정이 있습니다."

무태는 한숨을 푹 내쉬더니 바닥에 주저앉았다. 어깨가 축 늘어진 것이 보는 이로 하여금 안타까운 마음이 들게했다.

"꼴불견이 따로 없네."

"뭐야?"

그 모습이 못마땅한 반사영이 한마디를 툭 내뱉었다.

"덩치에 좀 맞게 굴어라."

반사영은 여전히 반말을 고수했다.

백리웅은 그런 그의 모습에 혀를 내둘렀다.

약속을 목숨처럼 중시하는 것인지, 아니면 융통성이 없는 건지 분간이 가지 않는다.

그건 단유하와 무태도 동시에 느끼고 있었다.

"뭐…… 내 얼굴에 뭐라도 묻었어요?"

세 사람이 동시에 벙 찐 얼굴을 하고서 반사영을 쳐다봤다.

"알 수 없는 놈이네."

"어디 끝까지 가겠다. 이거지?"

단유하와 무태가 한마디씩 말하며 고개를 절레절레 저었다.

그날 밤 예정되어 있지 않은 일이 벌어졌다. 신입 백룡 단원들은 긴급히 연무장으로 모이라는 명령이 떨어진 것이다.

단잠에 빠져 있던 신참 서른 명이 황급히 한자리에 모였다. 단사에는 공문기가 똥 씹은 얼굴을 하고서 서 있었다.

"아…… 이렇게 갑자기 모이라고 한 이유는 중차대한 발표를 하고자 함이다."

공문기의 목소리는 작게 떨리고 있었다.

'이렇게 될 줄은 몰랐건만.'

서글픈 감정이 들어 차마 말을 이어 나갈 수 없었다.

'그 모진 세월을…… 말단인 백룡단 단주가 되기 위해 버텼건만.'

단상과 신참들 사이는 꽤나 거리가 있었지만, 반사영은 백룡단 단주라는 자가 울먹거리는 모습이 확연하게 보였다.

"중대한 발표는…… 으흠……."

묘한 신음 소리까지 내어 가면서도 공문기는 제대로 말을 잇지 못했다.

"저 자식 끌어내! 추워 죽겠는데 질질 끌고 지랄이야."

이윽고 참지 못한 누군가가 욕지거리를 내뱉으며 명령을 내렸다. 서른 명의 시선에 공문기가 단상에서 끌려 내려가는 모습이 보였다.

그리고 그 자리에 누군가가 올라섰다.

얼굴은 시퍼런 멍으로 가득했고, 팔은 붕대로 칭칭 감겨져 있었다. 게다가 다리도 불편한지 절뚝거렸다.

"이번에 새롭게 백룡단 단주가 된 백리연이다."

"……!"

그의 말에 서른 명의 신참들의 얼굴이 굳어졌다. 적랑대 부대주 백리연의 악행은 그들도 익히 들어왔던 것이다.

그런 그가 백룡단 단주가 되다니.

씩 웃는 백리연의 시선은 단 한 명에게 꽂혀 있었다.
바로 반사영이다.

'이노옴! 결코 평탄한 생활은 되지 않을 것이다!'

반사영은 눈살을 찌푸렸다. 저 표독스러운 눈빛의 뜻이
무엇인지 알기 때문이다.

백리연은 그다음으로 백리웅에게로 시선을 옮겼다.

'기어코 세가 망신을 시키겠다고 백룡단으로 들어온 걸
후회하게 해 주마.'

열의를 다지는 그와 달리 반사영이나 백리웅은 시큰둥
한 반응을 보였다.

"그리고 이번 신참 서른 명의 훈련은 단주인 내가 직접
맡을 것이다."

단주의 체면상 지금까지 신참들의 훈련은 부단주들 중
한 명이 맡아서 해 오고 있었다. 하지만 독기로 번들거리
는 눈동자로 말하는 그의 앞에서 누구도 반박을 하고 나
설 수도 없었다.

지난번 맹의 규율을 어기고 저지른 사고로 인해 백리연
은 부대주 자리를 박탈당했다. 하지만 엄연히 백리세가의
혈육인 그를 천검맹 외부로 쫓아낼 수도 없는 노릇이었을
것이다.

백리연은 백룡단 단주 자리를 꿰차는 것으로 벌을 대신

하겠다고 했다. 그의 입장에서는 자존심을 꺾은 일이었다.

높은 자리에서 낮은 자리로 내려오는 것만큼 자존심이 상하는 일도 없을 테니까 말이다. 백리연은 세가로 돌아 갈까 생각했지만, 자신을 이렇게 만든 놈들에게 복수를 하고자 백룡단 단주가 된 것이다.

지금은 저 두 놈이 태연하게 이 상황을 받아들이는 것 같지만, 곧 뼈저리게 후회를 안겨다 줄 작정이었다.

"걱정 안 돼요?"

"걱정보다 놀라움이 더 커."

"왜요?"

"누구보다 자존심이 강한 녀석인데…… 백룡단 단주가 되다니."

반사영은 이해할 수가 없었다. 백리연을 처음 본 날 그 가 백리웅에게 했던 행동들을 봤을 때 지독한 분노가 치 밀어 올랐다. 당사자인 백리웅은 더하면 더했지 덜하지는 않았을 것이다.

한데 지금의 백리웅은 어쩐지 백리연을 걱정하는 말투 로 말을 하고 있었다.

"이래서 착한 사람들 주변에는 그런 뭣 같은 것들이 꼬 이는 겁니다."

"응?"

"형님 말입니다. 그렇게 당하시면서도 뒤에서는 그놈을 걱정하고 있으니, 백리연 같은 녀석들이 주변에서 시비를 거는 거라고요."

"입……조심해."

"……!"

"그래도 내게는 가족 같은 녀석이다. 그러니 함부로 말을 하지는 마라."

"……."

늘 사람 좋은 미소만 보이던 백리웅에게서 볼 수 없었던 강한 기운이 흘러나왔다.

반사영은 움찔하여 어떤 반박도 하지 못했다.

날이 점점 더워지기 시작했다. 곧 여름이 다가온다. 날이 덥다고, 혹은 날이 춥다고 해서 무인들의 훈련 강도가 조율되지는 않는다. 그것이 천검맹 무인들이라면 더욱더 빡세진다.

특히나 백룡단 단원들의 훈련 강도는 역사상 가장 지독하다는 평을 받고 있었다. 단주가 백리연으로 바뀌고 나서부터였다.

특히나 이제 입단한 지 얼마 되지 않는 신참들로서는

하루하루가 지옥이었다. 모두에게 이처럼 빠듯한 일정 속에서 이루어지는 훈련은 익숙하지가 않았다.

"변태 새끼."

반사영이 아무도 듣지 못할 작은 목소리로 중얼거렸다.

신참들을 훈련시킬 적에 백리연의 표정은 즐겁게 웃고있었다. 단원들이 고통에 비명을 내지르는 걸 보면서 묘한 쾌락을 느끼는 것 같은 얼굴이 마음에 들지 않았다.

"인마, 입조심해. 안 그래도 너랑 웅 형님 때문에 훈련 강도가 이렇다고 단원들 사이에서 말이 많아."

"하! 그게 왜 우리 때문입니까. 저놈 속이 콩알만 해서 그런 거지."

"그럼 저 단주 놈에게 가서 시비를 걸겠냐. 만만한 게 우리지."

무태는 가뜩이나 험상궂은 얼굴을 잔뜩 구겼다.

"너랑 웅 형님이랑 잘 어울리니 나랑 유하 녀석도 왕따다."

"글쎄요…… 그건 형님 생각일 것 같은데요. 전 웅이 형님과 유하 형님 이렇게 하고만 친하게 지내니까요."

"……?"

무태는 반사영의 말을 바로 알아듣지 못하는 듯하다가 이해를 하고는 반사영의 멱살을 잡아 올렸다.

"농담이었습니다."

"그 말이 조금만 늦었다면 집어 던졌을 것이다."

"하…… 하하! 요즘 들어 재미없는 농을 다하십니다."

"진담이라는 걸 보여 줄까?"

"……."

반사영은 시선을 피하는 것으로 대답을 대신했다.

"그나저나 단주 놈이 웅 형님에게 유독 심한 건 거슬린다."

"것도 신참들이 모인 데서는 유독 심하죠."

반사영과 무태는 나무 그늘 아래서 부채질을 하고 있는 백리연을 노려봤다.

"사영."

"예."

"한번 할까."

"자신 있으시다면."

반사영은 장난스럽게 웃으며 말했다.

"너 내가 정말로 실력이 딸려서 백룡단에 입단한 거라고 생각하지는 않지?"

"우리네 사람…… 백룡단에서 썩기에는 아까운 인물들이죠."

이유는 모르지만 백리웅, 단유하, 무태는 어디 가서도 꿇리지 않을 무공을 지녔다. 반사영뿐만 아니라 네 사람 각자 서로를 그렇게 생각하고 있을 것이다.

반사영과 무태는 서로 마주 보며 씩 웃었다. 첫 만남 이후 석 달 동안 함께 지내면서 처음으로 뜻이 통하는 날이었다.

백리웅과 단유하는 깊게 잠이 들어 있었다.

―슬슬 준비하죠.

―오냐.

스르륵.

반사영과 무태는 어디서 구했는지 잠행복을 갖춰 입었다.

―정보 확실하죠?

―당연하지. 그 자식 아주 술에 쩔어 산다더라. 매일같이 총타 밖으로 쏘다니면서. 에잉. 쯔쯧.

―후훗. 이번에는 아예 다리 하나는 분질러야겠습니다.

―팔은 내가 맡으마.

―양보하죠.

―좋다. 가자.

두 사람은 창문을 열고 은밀하게 방을 빠져나갔다. 백룡단 신참들이 머무는 건물은 총타 내에서도 내각이 아닌 외각에 위치했다. 거의 신경도 쓰지 않을 구석진 곳이었다.

주변을 지키고 있는 무인들의 수준도 그리 뛰어난 편은

아니다. 반사영과 무태가 마음만 먹는다면 얼마든지 몰래 나갈 수 있었다.

두 사람은 경공을 발휘해 빠른 속도로 목적지로 향했다.

그곳은 낙양에서도 밤이면 가장 화려하게 빛나는 거리였다. 기녀들이 웃음과 몸을 파는 홍등가였다.

—저기 저곳에 매일 들른다더라.

'월궁루?'

주변 건물들 중 크기 면에서 단연 최고였다.

—확인하고 오겠습니다.

—너 혼자?

—녀석을 쥐 패는 건 월궁루 밖으로 나와서도 가능하니까요. 일단 녀석이 있는지, 없는지 봐야겠죠.

—인마, 그래도 어찌 널 혼자 보내냐.

—이래 봬도 은신술만큼은 자신 있습니다.

반사영은 몸을 날려 월궁루 안으로 잠입했다. 이참에 시험해 보지 못했던 은형무의 진가를 알아볼 생각이었다.

반사영은 은형무를 최대한 발휘했다.

사내들과 기녀들 사이에서 오고 가는 웃음소리가 월궁루 안을 가득 메우고 있었다. 반사영은 그 안을 헤집고 다녔다. 하지만 자신의 존재를 알아차리는 이는 없었다.

묘한 쾌감이 온몸을 적셔 왔다.

월궁루 안에서 낯익은 기척을 잡아내는 데에는 시간이 얼마 걸리지 않았다. 그곳에는 백룡단 부단주들이 옆구리에 기녀를 끼고 술판을 벌이고 있었다. 한데 막상 반사영이 찾고자 하는 백리연은 그 자리에 없었다.

'어디 있는 거냐. 이 자식은.'

무태가 가져온 정보가 확실하다면 월궁루 안 어딘가에 백리연이 있어야 했다.

반사영은 백리연의 기운을 감지하기 위해 온 신경을 집중했다.

'쥐새끼같이 숨어 있었구먼.'

반사영은 백리연을 찾아냈지만 의아함을 느꼈다. 백리연의 기운이 감지된 곳은 월궁루 지하였다. 지하가 어떤 용도로 쓰이는지는 몰랐지만, 일행들과 떨어지면서까지 지하에 있는 이유가 궁금했다. 본래 목적은 백리연이 월궁루 안에 있는지만 확인하는 것이었다.

하지만 반사영은 호기심을 참지 못하고 지하 근처로 다가갔다. 그곳은 죄인들을 가둬 놓기 위해 만들어진 감옥이었다.

월궁루 내부에 이런 장소가 있다는 건 쉽게 이해할 수 없는 일이다. 그곳에서 백리연의 기운이 느껴진다.

백리연의 숨결이 굉장히 약했다. 둘 중 하나라는 소리다. 죽어 가고 있거나 잠들어 있거나.

반사영은 긴장을 늦추지 않고 백리연이 있을 거라고 생각되는 곳으로 걸음을 옮겼다.

"……!"

감옥 안에 백리연이라고 추정되는 인물이 있었다. 양 손목과 양 발목에 커다란 족쇄가 채워진 채 공중에 매달려 있었다.

반사영은 정말 눈앞에 있는 자가 오늘까지만 해도 오만방자하게 굴었던 백리연이 맞는지 의심스러웠다.

풀어헤쳐진 머리 때문에 얼굴은 제대로 보이지 않았다. 실오라기 하나 걸치지 않은 몸에는 핏물과 피멍으로 가득했다. 사람이 아닌 고깃덩어리처럼 보였다.

그 처참한 모습에 반사영은 충격에 빠졌다.

"누구냐!"

쌔애액!

스산한 목소리가 들림과 동시에 날카로운 검날이 반사영의 팔을 스치고 지나갔다. 백리연에게 정신이 팔려 등 뒤에서 누군가가 나타났다는 것도 모르고 있었다.

반사영은 아픔을 느낄 여유가 없었다.

지독한 살기를 동반한 검공을 피하느라 정신이 없었다.

'백리연?'

자신을 공격한 인물은 분명 백리연의 모습을 하고 있었다. 하지만 풍기는 분위기는 자신이 알고 있던 백리연이 아니다.

반사영은 도무지 상황 파악이 되지 않았다. 하지만 확실한 건 자신에게 공격을 가한 자는 겉모습만 백리연이라는 것이다.

사내의 검에서 뿌연 연기가 피어올랐다. 그의 검이 휘둘러졌고, 검기가 뿌려졌다.

콰콰쾅!

사내는 이 낮고 비좁은 공간이 무너져 내려도 상관이 없는 모양이었다. 오로지 상대를 죽이기 위한 거침없는 공격법이다.

반사영은 숨을 쉬는 것조차 버거울 정도로 움직였다. 살기만으로도 상대를 짓누르는 자는 아버지를 죽인 놈 이후 처음이다.

그때보다는 나아졌지만 역시나 지금까지 봐 왔던 자들과는 차원이 달랐다.

"하아! 하아!"

일각 정도 공격을 피하기만 했다. 도저히 공격을 할 틈을 주지 않는 자다. 이대로 가다가는 제대로 검 한 번 휘둘러 보지 못하고 죽을 판이다.

그렇다고 계속 피하기만 하는 데에도 한계가 있었다.

어떻게든 공격을 해야만 했다.

반사영은 검에 내공을 서서히 주입했다.

사내의 쏟아지는 검기를 피하며 벽을 박차고 뛰어올라 검을 대각선으로 내리그었다.

무영살검류.

폭뢰비!

반사영의 검 끝에서 검붉은 검기가 비수처럼 쏟아져 내렸다.

"……!"

사내는 위에서 내리꽂는 수십 개의 검기를 쳐 냈지만, 워낙 많아 전부 막지는 못했다.

반사영은 본인이 폭뢰비를 사용하고 그 위력에 놀란 적이 있었다. 아니, 무영살검류는 한 초, 한 초가 가히 살인적인 기술들이었다.

역시나 폭뢰비는 그중 가장 광포한 초식임에는 틀림없었다. 단 한 번의 공격으로 사내는 엄청난 부상을 입었다.

팔 한쪽이 너덜너덜해질 정도로 말이다. 그뿐만이 아니다. 주변은 수십 개의 화약이 터진 것처럼 바닥이 패이고, 벽이 움푹 패었다.

반사영은 정체 모를 사내와 대치하고 섰다. 반사영도, 사내도 자신의 목소리로 말을 걸지 않았다.

단지 노려볼 뿐이었다.

반사영은 이곳에서 더 이상 시간을 끌 수 있는 입장이 아니기에 일단은 도망치기로 결정하고 입구로 몸을 날렸다.

반사영이 사라지자, 사내는 그 자리에 풀썩 주저앉았다.

'무영살검류…… 폭뢰비!'

그는 걸레짝마냥 거덜 난 오른팔을 내려다보며 중얼거렸다.

—왜 이리 늦은 거야, 인마!

월궁루를 빠져나오자마자 무태의 잔소리가 시작됐다.

—일단 이곳에서 벗어나야 돼요.

무태는 다소 지쳐 있는 반사영의 전음을 듣고는 무슨 일이 벌어졌음을 감지하고 입을 다물었다.

6장.

거래

—뭐야! 저 자식 멀쩡한데?

　아침이 밝아 오자 백리연을 볼 수 없을 거라던 반사영의 말과는 달리 백리연은 멀쩡했다.

　'분명 팔 한쪽이 거덜 났을 텐데.'

　반사영은 어제 자신과 검을 섞었던 자의 의도를 파악할 수 있었다. 진짜 백리연을 감금시키고 본인이 백리연을 흉내 내려 한다고 생각했다. 그 의도나 목적은 확신할 수 없었지만 말이다.

　—하루 만에 상처가 아물 정도로 기가 막힌 묘약이 있어요?

　—그야 널리고 널렸을 거다. 중원 땅이 하도 넓으니 그

런 약쯤은 얼마든지 구했을 수도 있겠지. 가격이 비싸서 문제겠지만.

—일단 어제 일은 우리만 알고 있도록 하죠.

분명 진짜 백리연을 납치, 감금하고, 그 자리를 대신할 정도면 보통 치밀한 놈이 아닐 것이다. 백리연의 작은 습관은 물론 행동, 말투를 본인의 것으로 만들었으리라 봐도 무관하다.

사람에게는 선천지기라는 게 있다. 태어날 적부터 죽을 때까지 변하지 않는 당사자만의 특유한 기운.

그걸 분별하고 감지하는 건 쉬운 일이 아니다. 하지만 반사영에게는 가능한 일이다. 월궁루에서 백리연을 찾아낼 수 있었던 것도 그 때문이다.

하지만 지금의 백리연은 그 선천지기가 달라져 있었다. 어제 자신과 검을 섞었던 녀석이 틀림없었다.

하지만 이건 자신만이 느낄 수 있는 것이다. 무태에게는 어제의 일을 알려 줬기에 저 백리연이 가짜라는 걸 알고 있었다.

아마 백리세가의 가주가 온다 하더라도 반사영처럼 알아차릴 수는 없을 것이다.

'이걸 어찌한다.'

반사영은 책을 통해서만 무림이라는 세상을 배워 왔다.

그리고 그 책을 통해 천검맹과 오랜 시간 검을 겨누고

있는 집단 두 곳을 알게 되었다. 하나는 사파의 거두 마도련(魔道聯)이고, 다른 하나는 천마교(天魔敎)다.

천마교는 백 년 전에 세상에서 지워졌다고 알려져 있었기에 천검맹 내부에 세작을 심어 놓을 곳은 마도련밖에 없었다.

지금은 과거에 이루어 놓은 걸 천검맹에게 다 빼앗겨 조용히 살고 있지만 언제라도 이빨을 드러내 보일 세력이었다.

하지만 반사영은 마도련이나 천마교가 아닌 내부에서 벌어진 일일지도 모른다는 생각이 들었다. 천검맹 내에서 벌어지는 권력과 이권 싸움 때문에 일어난 일이라면 복잡해진다.

진짜 백리연이 감금되어 있다는 사실을 누군가에게 쉽게 말할 수가 없는 건 바로 그 때문이다.

"아침부터 얼굴이 왜 그러냐."

백리웅이 반사영의 옆구리를 콕 찌르며 물었다.

"제 얼굴이 어떤데요."

"세상 불만은 혼자 다 갖고 있잖아."

"이게 누구 때문인지 아십니까?"

"누구 때문인데?"

"바로 다 형님 때문입니다!"

"뭐라고?"

백리웅은 영문을 알 수 없다는 얼굴을 하고서 사라져 가는 반사영을 쳐다만 봤다.

　백룡단 단원이 되고 나서부터 반사영은 천검맹 내부 사람들에게 반적풍이라는 이름을 아는지 캐묻고 다녔다. 백룡단 부단주들은 물론 주변에서 일하는 시비들에게도 물어봤지만 돌아오는 대답은 들어 보지 못했다는 것이다.

　자신이 머무는 외각이 아닌 내각으로 들어가서 물어봐도 아는 이가 전무했다. 아버지의 무공은 강했다. 적어도 삼류 무인이 익힐 수 없는 무공을 지니고 있었다.

　그건 반사영이 무연심공을 바탕으로 한 무영살검류를 익히고 나서부터 든 확신이었다. 이 정도 강자가 무명이라는 건 말이 되지 않는 일이다.

　둘 중 하나라는 결론이 나온다.

　하나는 가명을 썼다는 것과 하나는 천검맹 내에서도 아버지의 존재를 모르는 조직에 몸을 담았다는 것이다.

　반사영은 후자에 생각을 집중했다.

　아버지가 의문의 죽음을 당했을 때부터 확신이 들었다. 철저히 비밀리에 움직이는 조직. 그런 곳은 천검맹 내에서 한 곳이 있다고 들었다.

　천령군(天靈軍)!

　그곳의 군장의 별호가 무영존이라는 것과 천검맹 맹주

의 호위를 하기도 하며, 비밀 임무를 수행한다고 알고 있
었다.

그 외에는 밝혀진 바 없는 조직이다.

그렇다고 백룡단 신참이라는 신분으로 천령군에 대해서
여기저기 물어보고 다닐 수도 없는 노릇이었다.

아버지의 신분, 그리고 아버지가 왜 그렇게 죽었는지에
대해서 알아야만 했다. 그리고 어머니의 죽음에도 뭔가가
있음을 아버지는 알고 있었던 듯했다.

그 모든 걸 알아내야지만이 복수가 가능하다. 대상도
없이 혼자서 복수 운운해 봐야 시간 낭비일 뿐이었다. 그
러기 위해서 천검맹으로 들어온 것이고 말이다.

자신에게 서찰을 보낸 자는 분명 그 모든 진실을 알고
있으리라. 생각은 꼬리에 꼬리를 물었다. 실타래처럼 얽
히고설켜 머리가 복잡해 잠을 이룰 수가 없었다.

백리연은 사흘 단위로 신참 단원들과 비무를 벌였다.
물론 본인이 반사영에게 당한 것을 갚아 주려는 속셈이
컸다.

엄연히 백룡단 단주가 된 백리연이다. 아무리 융통성
없는 반사영도 모두가 보는 앞에서 백리연을 떡 실신시킬

수가 없었다. 그냥저냥 참아 가며 백리연의 공격을 피하거나 맞받아치는 걸로 끝내야만 했었다.

하지만 오늘은 아니었다. 지금 자신과 목검을 겨누고 있는 이가 진짜 백리연이 아니기 때문이다.

─신기하단 말이야…… 분명 내 공격으로 팔이 너덜너덜해졌을 텐데.

반사영은 한 가지 계획을 세웠다. 이자에게 자신이 그때 그 복면인이라는 걸 알리는 것은 그 시작에 불과했다.

─단주인 내게 반말을 하는 것이냐!

─호오? 제법 흉내를 내겠다는 건가? 그런데 말이야…… 진짜 백리연은 단원이 이런 식으로 나오면 전음으로 맞받아치지 않지.

─…….

─그냥…… 대놓고 쌍욕을 내뱉지.

반사영은 씩 웃으며 신형을 움직였다. 순식간에 코밑까지 다다른 그의 목검이 백리연의 어깨를 가격했다.

─정말 다시는 팔을 못 써도 좋다면 그냥 그렇게 넋 놓고 있어도 좋고.

백리연은 이를 악물었다.

사실 그도 그날 복면인의 정체에 대해 고민하고 있던 차였다. 한데 백룡단 신참 단원으로 다시 대면하게 될 줄은 꿈에도 몰랐었다. 그렇다고 이 상황에서 그가 할 수 있

216 무영존

는 건 잡아떼는 방법밖에 없었다. 표정에서도, 행동에서
도 조금이라도 흔들리면 상대는 확신을 할 것이다.

지금은 그게 최선의 방법이었다.

—버티시겠다?

백리연의 행동과 습관은 알아도 그의 무공에 대해서 완
전한 이해가 없을 거라고 반사영은 확신했다.

"저, 저 자식이 왜 저래?"

"단주님을 또 피떡으로 만들 모양인데?"

반사영과 백리연의 비무를 지켜보던 신참들이 웅성거리
기 시작했다. 인정사정 볼 것 없이 목검을 휘두르는 반사
영의 기세가 보통이 아니다.

악마처럼 훈련시키는 백리연이 일방적으로 당하는 꼴을
보는 건 좋았다. 하지만 그 후에 다가올 후폭풍은 모두가
공동으로 부담한다는 것이 문제였다.

"말려야 하는 거 아니야?"

백리웅은 잔뜩 굳은 얼굴을 하고서 두 사람의 비무를
지켜봤다. 뭔가 이상하다고 느꼈다. 반사영이 저토록 흥
분해서 비무를 하는 것과 당하고만 있는 백리연의 모습은
고개를 갸웃거리게 만들었다.

이 많은 인물들 앞에서 망신을 당하고 있음에도 백리연
의 표정은 침착했다. 백리웅이 알고 있는 백리연은 저렇
게 스스로를 절제하지 못했다.

더 이상은 안 되겠다고 판단한 부단주들이 비무를 멈추게 했다.

　백리웅도 그 장면에서 확신이 들었다. 자신이 느낀 그 무엇인가가 확실한 것이 맞을지도 모른다는 생각이 말이다. 백리연은 역시나 이상할 정도로 차분했다.

　게거품을 물고 자신들을 말리는 부단주들에게 입을 다물고 그냥 물러선다? 백리연을 오랜 시간 지켜본 백리웅으로서는 쉽게 받아들일 수 없는 문제다.

　그렇게 그날의 훈련은 끝이 났다.

　'떡밥을 던졌으니 이제 물기만을 기다리면 되겠군.'

　반사영은 희미한 미소를 머금었다.

　"뭐야. 나보고 웃는 거냐?"

　정면에 앉아 있는 단유하가 자신을 비웃는 줄로 착각해서 말했다.

　"아닙니다."

　그렇게 말하면서도 반사영의 입술은 웃고 있었다.

　"아니긴 뭐가 아냐! 이 자식, 왜 나보고 비웃는 건데?"

　"아, 글쎄, 아니라니까요."

　"어쭈? 계속 웃네."

　"크큭. 웃음이 나오는 걸 어쩝니까."

　단유하의 얼굴이 붉어졌다.

"내가 우스워?"

"아…… 하하! 크크크큭."

반사영은 아예 대놓고 배를 잡으며 웃었다.

"어디 아파?"

단유하는 갑자기 반사영이 이상행동을 보이자 불안했다. 조금 전까지만 해도 화가 났는데, 어딘가 모르게 녀석의 상태가 좀 안 좋아 보이자 걱정이 됐다.

반사영은 단유하 때문에 웃음이 터진 것이 아니었다. 자신이 세워 놓은 계획이 너무 기가 막힐 정도로 완벽했기 때문이다.

그 작전에 당할 가짜 백리연의 표정을 생각하니 웃음이 날 수밖에 없었다.

반사영은 또다시 잠행복을 입었다. 불과 사 개월 전만해도 자신이 이런 어두침침한 옷을 입으며 즐거워할 것이라고는 상상도 못했던 일이다. 하지만 지금은 누구보다이 상황과 감정을 즐기고 있었다.

역시 사람은 오래 살고 봐야 할 일이다.

복면을 쓰고 얼굴을 가림과 동시에 창밖으로 뛰어나갔다. 이번에는 밖으로 나가는 것이 아닌 안으로 깊숙하게 침투해야만 했다. 외각에서 밖으로 왔다 갔다 하던 것과는 차원이 다른 일이다.

반사영은 내공을 최대한으로 끌어 올려 은형무를 펼쳤다. 어둠 속에 그의 몸은 완벽하게 스며들었다. 작은 소리, 작은 움직임도 보이지 않았다.

그렇게 외각에서 내각의 담벼락을 은밀하게 넘었다. 그 어떤 누구도 반사영처럼 사전 계획 없이 천검맹 총타 담벼락을 넘는 이는 없었다.

이 정도의 잠행을 펼칠 만한 이들은 천하에서도 손가락 안에 드는 살수들이나 가능한 일이다. 그리고 지금 반사영이 실행에 옮기는 것이다.

하지만 반사영은 긴장보다는 즐기고 있었다. 애초에 이 잠행의 목적이 누군가를 해치기 위함이 아니기 때문인지 몰랐다.

하지만 초반에 걸리면 계획이 수포로 돌아간다. 반사영은 내각에 존재하는 건물들에 대한 지도가 있었으면 좋겠다고 생각했다. 물론 그런 귀중한 물건을 구할 방법이 없었다.

대충 귀동냥으로 들어왔던 걸 토대로 움직여야 했다. 내각의 경비는 외각과는 차원이 달랐다.

외각은 백룡단이 맡고 있지만 중요한 역할을 하는 건물들은 많지 않았고, 그만큼 경비가 허술했다.

내각의 경비를 총책임하고 있는 곳은 청의검대(靑衣劍隊)였다. 이들은 모두가 일류 이상의 고수들로 구성되어 있었다. 다른 무력 조직은 일정 수준에 무공으로 뽑지만 청의검대는 다르다.

신중하고, 차분하며, 작은 기척을 감지해 낼 줄 아는 이들을 선별하여 뽑는다. 특히나 밤이면 이들의 존재는 부각된다. 청룡이 그려진 무복을 입은 청의검대를 농락하며 반사영은 반 시진째 내각을 헤매고 다녔다.

'정말 더럽게 넓구나. 쓸데없이 땅만 넓어서 사람을 짜증나게 하고 있어.'

내각에 위치한 건물들의 구조나 그곳에서 뭘 하는지를 파악하기가 힘이 들었다. 가장 깊숙한 곳에 있고, 크기도 가장 클 것이라고 추정되는 건물 몇 개를 돌아보던 반사영은 어느 한 곳을 응시했다.

그 건물도 청의검대 무인들이 지키고 있었다. 하지만 지금까지 봤던 자들과는 차원이 다른 기를 갈무리하고 있는 걸 반사영은 느꼈다.

직감적으로 자신이 찾고 있는 인물이 저 건물에 머물고 있을 거라는 생각이 들었다. 반사영은 지체 없이 몸을 날렸다.

일각이라는 짧은 시간이 지난 뒤, 반사영은 탁자를 사이에 두고 누군가와 독대를 하고 있었다.

"후후훗. 재미있군요."

반사영의 앞에서 미소를 띠고 있는 자는 곽대우와 함께 몇 달 전 객잔에서 반사영을 지켜보던 사내였다.

"겁도 없이 천검맹 맹주의 집무실을 침범해 놓고…… 일부러 걸렸다?"

그는 현 천검맹 맹주 천검제(天劍帝) 위지강(慰遲强)의 유일한 혈육인 위지청(慰遲淸)이었다.

삼 년간 폐관 수련에 접어든 위지강을 대신해 임시 맹주직을 맡고 있기도 했다. 막 잠이 드려는 찰나, 그는 어처구니없는 침입자 한 명을 만나게 됐다.

노골적을 자신의 살기를 드러내는 살수는 이 세상에 없다. 한데 천장 위에서 피부를 찌를 듯한 살기로 인해 내부에 있던 천령군 무인들에게 잡히고 말았다.

지붕 밑에까지 침투해 들었다면 천령군 무인들의 기척에도 걸리지 않았을 정도의 고수라는 말이다.

그런데 당당하게 일부러 걸렸다는 반사영을 보며 위지청은 웃음이 날 수밖에 없었다. 반사영은 자신이 이번 백룡단에 입단한 것도 숨기지 않고 말했다.

반사영은 모르고 있었지만, 이미 위지청은 반사영에 관한 정보들을 수시로 듣고 있었다. 위지청은 곽대우가 한 말을 떠올렸다.

전성기 시절의 반적풍을 넘어설 것이라는 말은 결코 허언이 아니었다. 반사영의 재능이 뛰어난 것인지, 아니면 반적풍이 익힌 무공이 훌륭한 건지는 모를 일이다. 하지만 천령군이 지키고 있는 이곳을 몰래 들어올 정도면 가히 절정 무인 수준이라고 봐도 무관했다.

위지청은 반사영이 뭐하러 이런 위험한 짓을 저질렀는지가 궁금했다.

"거래를 하러 왔습니다."

"거래? 하하하!"

감히 백룡단 신참이 임시 맹주인 자신과 거래라니. 전혀 상상도 못했던 일이다.

"지금 내 명령 한마디면 그대는 이 세상 사람이 아닌 존재가 되어 버립니다."

"죽이실 작정이었으면 이렇게 독대를 하고 있지도 않았겠죠."

"함부로…… 피를 묻힐 수 없는 곳이니까요, 이곳은."

위지청의 말속에는 일종의 우월감이 서려 있었다.

"말씀해 보세요. 그 거래라는 거."

반사영은 그간의 일들을 설명했다. 물론 그 세작이라는 인물이 백리연으로 위장하고 있다고는 말하지 않았다.

"그 녀석 조만간 저를 암살하러 나타날 것입니다. 미리 천령군 무인을 제게 붙여 두었다가 녀석을 잡으시면 되는 일이죠."

"간단하군요. 그러면 그쪽이 내건 조건은?"

반사영은 마른침을 삼켰다. 자신의 예상이 맞기를 바랐다.

"아버지 죽음에 대해서 알고 싶습니다."

"아버지?"

"예. 성함은 반적풍…… 천령군 소속이었죠."

"천령군이라……."

위지청은 손가락으로 탁자를 톡톡 건드리며 말끝을 흐렸다. 뭔가를 고민하는 얼굴이었다.

"그거라면 좀 힘들겠는데요."

반사영의 눈썹이 일그러졌다. 그 누구도 위지청 앞에서 할 수 없는 표정을 반사영은 아무렇지 않게 하고 있었다.

대놓고 불편한 기색을 드러내는 반사영을 물끄러미 바라보며 위지청은 한껏 여유를 부렸다.

"천검맹 내로 스며든 세작을 잡아내는 것은 물론 중요한 일임에는 틀림없는 사실이죠. 하지만…… 그깟 세작따위 본 맹 내에서 얼마든지 잡아낼 수도 있는 일이기도 하죠. 백 년 동안 쥐새끼처럼 숨어든 그런 놈들을 잡아내는 일은 얼마든지 가능했고, 그로 인해 본 맹이 위태로웠던 적은 단 한 번도 없었습니다."

위지청의 말은 모두 맞는 내용이었다. 반사영은 위지청의 말에서 자신이 가지고 온 거래 내용이 그다지 큰 매력이 없는 것임을 느꼈다.

"더 중요한 사실은 그대의 아버지라는 분이 천령군 소속이라는 확신이 없다는 것이군요."

"……?"

"천령군은 철저하게 베일에 가려진 비밀 집단입니다. 출생은 물론 성별, 나이, 지닌바 무공에 대해서는 맹주님도 모르십니다. 그 말은 본인들의 가족들조차도 천령군 소속이라는 걸 비밀로 해야 한다는 이야기지요. 천령군 소속 무인에 대해서 아는 이는 딱 한 명뿐이죠. 바로 천령군 군장."

"그분을 만나게 해 주시면 되겠네요."

위지청의 얼굴에서 처음으로 짜증 비슷한 감정이 표출되었다. 웃음은 싹 가셨다. 지금 이 사내는 상황 파악을 못하고 있었다. 스멀스멀 위지청의 몸에서 짙은 살기가 흘러나오기 시작했다. 지금 위지청은 경고를 하고 있는 것이다. 자신과 더 이상의 거래를 한다는 것이 얼마만큼 위험한 건지를 말이다.

반사영의 눈가가 파르르 떨렸다. 이자 역시나 보통이 아니라는 걸 피부로 느끼고 있었다.

어쩌면 당연한 일이었다. 호랑이에게서 고양이가 태어나는 법은 없었다. 위지청은 천하를 호령하는 천검제의 유일무이한 혈육이었다.

그리고 이 정도 기운도 내뿜지 못한다면 임시로라도 맹

주직을 유지하고 있을 수는 없을 것이다.

하지만 반사영도 만만치 않은 수준에 이르러 있었다. 위지청은 자신에게 대항하는 반사영에게 비릿한 미소를 보였다.

"이곳을 지키고 있는 천령군은 겨우 애송이에 불과하죠. 진짜배기들은 폐관에 접어드신 맹주님 곁에서 호위를 맡고 있습니다. 애송이들의 이목 정도 속였다고 해서 자신을 과신하면 죽음을 초래할 수도 있는 일이죠."

더 이상의 반항은 용서할 수 없다는 압박에 반사영은 포기할 수밖에 없었다. 이번 거래를 통해서 아버지에 대한 걸 알고 싶었을 뿐이다.

결국에는 아무것도 얻지 못한 채 숙소로 돌아와야만 했다.

반사영을 보낸 위지청은 곽대우를 불러들였다.

"보통내기가 아니더군요."

반사영이 찾아온 목적을 전해 들은 곽대우는 침중한 표정으로 고개를 끄덕였다.

"백리연으로 위장하고 있는 녀석은 어찌할까요."

이미 위지청과 곽대우는 천검맹 내부로 스며드는 세작들을 감시해 오고 있었다.

"일단은 그냥 두기로 하죠."

"알겠습니다."

"아, 그리고…… 계획을 좀 앞당겼으면 좋겠습니다."

"너무 서두르시는 건 아닌지……."

"지금 당장 훈련을 시켜도 괜찮을 정도인 듯하니까요."

"하면 장소는."

"혈해도(血海島)."

"그러면 지금까지 추린 인원으로 계획을 진행토록 하겠습니다."

"좋습니다. 반사영에게는 제가 직접 다시 거래를 하도록 하죠."

"백리연으로 위장하고 있는 세작이 만약 그들과 관련이 있다면, 반사영 근처에 두는 일은 위험하지 않을까요."

"흠……."

위지청은 다시 한 번 손가락으로 탁자 위를 톡톡 치기 시작했다.

"만약 반사영에게 접근하기 위해서 백리연으로 위장했다면 반사영이 여기까지 잠입해서 반적풍을 찾을 일은 없었을 겁니다."

"그렇군요."

모든 게 자신의 계획대로 돌아갈 것이라 확신하던 반사영으로서는 허탈할 수밖에 없었다. 맹주의 아들인 위지청이라는 사내, 생각보다 훨씬 고단수다.

무태에게 위지청은 어떤 사내냐고 물었더니, 천검맹 내에서도 꽤나 베일 속에 가려진 부분이 많은 이라는 대답을 들었다.

임시 맹주직을 맡고 있음에도 그는 중요한 공식 석상이 아니면 거의 모습을 드러내지 않는다고 했다.

"그래도 맹주님의 외아들이면 어렸을 적부터 총타에서 자라지 않았을까요?"

"아닐걸…… 본가에서 자랐다는 말도 있고, 본가에서조차도 성장하지 않았다는 말도 있어."

"본가에서 자라지 않았다는 소문은 헛소문이겠군요."

"꼭 본가에서 자랐다고만 할 수는 없는 일이지."

"예?"

무태는 방 안에 둘만 있음에도 불구하고 주변을 둘러보더니 목소리를 죽였다.

"소맹주의 나이가 올해 몇인지 아냐."

"어려 보이던데요."

"이제 겨우 스물넷이다."

"그래서요?"

"들리는 얘기로는 이미 소맹주가 맹주님의 무위를 뛰어넘었다는 말이 있어."

"그것도 헛소문이겠네요."

"글쎄, 아니라니까!"

"그게 말이 된다고 생각해요? 아무리 천검제의 피를 이어받았다고 해도 벌써 그 나이에 그 정도 초고수라는 게."

"그게 말이다……."

무태는 목소리를 더욱 죽였다.

"혈해도라는 섬이 있어. 거기가 어디냐 하면……."

"거긴 저도 알아요. 백 년 전에 지금의 천검맹 주축이 된 사대세가와 오대문파 수장들이 마지막으로 천마교 무리와 혈전을 벌였던 곳."

"그래, 거기. 지금의 소맹주가 막 걸음마를 배울 무렵부터 그 혈해도에서 자랐다면 말이 달라지지."

"거기서 뭘 했는데요."

"어이구, 이 답답한 놈아! 사람 그림자도 없는 그곳에서 생과 사를 넘나드는 수련을 한 것이지. 그 어린 나이부터."

반사영은 이해가 가지 않았다. 뭣 하러 그 오지에서 가서 수련을 한단 말인가.

반사영의 의문은 자연스러웠다. 그가 무공이라는 수련을 한 건 불과 한 달뿐이다. 그것도 혼자서 서적을 가지고 한 것이 전부다. 그런데도 지금 수준은 일류를 넘어섰다. 천령군의 이목까지 속이고, 집무실까지 침입했다. 물론 아버지의 무공이 대단해서인 것과 내공을 전수받은 이유가 가장 크다.

자신도 그 정도로 일류가 되었는데, 명색이 천검제의 자식인 위지청이 그런 고생을 하면서까지 성장할 이유를 이해하지 못하는 것이다.

하지만 반사영이 모르는 것이 하나 있었다. 처절하게 생과 사를 넘나드는 수련과 그렇지 않은 수련의 차이가 얼마만큼 큰지를 말이다.

"또 하나 재밌는 이야기가 있어."

"이번에는 또 뭔 헛소문인데요."

"이건 내가 생각해도 말이 안 되는데…… 맹주님이 폐관에 드신 이유가 소맹주님과 비무를 벌이다가 주화입마에 걸리셨다는 거야."

반사영은 고개를 절레절레 저었다. 덩치만 남자답지, 이런 말도 안 되는 소문에나 흔들리는 귀가 얇은 남자라는 사실이 어처구니가 없었다.

그때 문이 벌컥 열렸다.

"아이씨! 넌 예의가 태어날 때부터 없는 놈이냐? 인기척 좀 하고 다녀라."

문을 열고 들어온 이는 단유하였다. 그는 자신이 뭘 그리 잘못했는지 알 길이 없다는 눈길로 무태를 쳐다봤다.

"요즘 수상하단 말이지."

"뭐, 뭐가."

"나랑 웅이 형님 빼고 둘이 바짝 붙어서 뭘 그리 만날

속닥거리는 건데."

"너처럼 담 작은 놈은 몰라도 되는 이야기다."

"설마 둘이 그렇고 그래?"

단유하는 실실 눈웃음을 치며 물었다.

반사영과 무태의 눈에서 불똥이 동시에 튀어 올랐다.

"이런 똥물에 튀겨 죽일 놈 같으니!"

"이 멸치 같은 인간이 지금 뭐라는 거야!"

반사영은 흥분하면 형들에게도 반말을 내뱉곤 했다. 두 사람을 자극한 대가로 단유하는 손발이 묶인 채 한동안 꼼짝도 할 수 없었다.

"근데 웅이 형님은 어디 가셨나?"

"백리연을 만나고 좀 오신다던데."

반사영과 무태는 동시에 자리에서 벌떡 일어섰다.

"이런 젠장!"

백리웅은 백룡단주의 집무실을 찾았다. 두 사람이 어떤 관계인지는 백룡단 단원들 사이에는 이미 소문이 나 있었다. 그들이 이 장면을 봤다면 아주 걱정스러운 표정들을 지었을 것이다.

"어쩐 일이냐?"

"앉아도 될까."

"앉아."

백리연은 여전히 거만하고 오만한 표정으로 백리웅을 대했다.

"무슨 일이냐, 네가. 내 집무실을 다 찾아오고."

"지난번 반사영의 일을 사과하고자 왔다."

"그 시건방진 녀석을 끌고 왔어야지. 사과를 하려면."

백리연은 특유의 비릿한 웃음을 머금으며 말했다. 백리웅은 그런 그의 모습에서 안도의 한숨을 내쉬었다. 지금 백리연의 모습은 자신이 알던 그와 다르지 않았기 때문이다.

"사영은 내가 아끼는 동생이니…… 너그럽게 봐줘라."

"하! 내가 백룡단주라는 자리에 있지만 않았으면 그놈은 벌써 구천을 헤매고 있을 거다."

"그래, 아직 녀석이 세상 물정 모르고 어려서 자존심을 굽히지 않을 때가 종종 있으니까."

"백룡단으로 입단한 것도 모자라 그런 족보도 없는 녀석과 어울리다니. 너희 아버지가 아시면 아주 좋아하시겠다."

"……"

"됐으니까 그만 가 봐."

백리연은 귀찮다는 듯 손을 내저으며 일어나 몸을 돌

렸다.

"우리 아버지 돌아가셨다."

"……!"

백리연의 등을 쳐다보는 백리웅의 시선이 한기로 가득 차 있었다.

"너…… 누구냐."

"무, 무슨 소리를 하는 거냐."

"다시 묻는다. 너 누구냐."

백리웅의 기운이 날카롭게 흘러나왔다. 당장이라도 살초를 뿌릴 기세다. 그의 아버지는 오 년 전 세상을 떠났다. 그걸 백리연이 모를 리가 없다.

어린 시절에 얼굴을 볼 때마다 아비 없는 자식이라고 늘 앞장서서 손가락질하던 백리연이니까 말이다.

그런데 지금의 그는 아버지의 죽음을 알지 못하고 있었다. 지금 눈앞에 있는 백리연이 가짜임을 백리웅은 확신할 수 있었다.

확신이 들었다면 거칠 것이 없어진다. 백리웅은 내공을 주먹으로 끌어모았다. 튕겨지듯 앞으로 쏘아져 나간 백리웅의 주먹이 백리연의 명치를 가격했다.

뻑!

정확히 급소를 가격당한 백리연이 바닥에 주저앉아 핏물을 토해 냈다.

"크으윽! 이게 지금…… 뭐하는 짓이냐!"

"다시 한 번 묻는다. 백리연은 어디 있냐."

평소 백리웅의 모습과는 차원이 달랐다. 그의 눈빛이 엎드려서 피를 토해 내는 백리연을 죽일 듯이 바라보고 있었다.

본가에서도 자라지 못한 백리웅이었지만, 그의 무공 역시 천하를 내려다보는 백리세가의 것이다.

특히나 그의 장기는 권장지각에 있었다. 병기가 없다고 해서 제힘을 발휘하지 못할 리가 없었다. 특히나 백리세가에서도 제일 손꼽히는 권법 중 하나인 추풍신권(秋風神拳)은 백리웅이 주특기로 쓰는 것이다.

백리웅은 말로 해서는 안 될 가짜 백리연을 내려다보며 다시금 내공을 끌어모았다.

이번에는 절대로 힘을 아끼지 않을 작정이었다.

여기서 더 이상 자신의 힘을 드러내지 않는다면, 결과는 죽음밖에 없다는 걸 본능적으로 깨달았기 때문이었다.

백리연도 그걸 느꼈는지 서서히 몸을 일으켰다.

콰앙!

백리웅의 주먹에 응축되어 있던 기운이 한순간 폭발했다. 백리연이 몸을 조금이라도 늦게 움직였다면 산산조각 난 건 벽이 아니라 그의 육체였을 것이다.

백리연은 집무실에 두었던 검을 들었다. 하지만 두 사

람의 혈투는 채 시작도 못하고 끝이 나야만 했다. 단주의 집무실에서 엄청난 소음이 들리자 주변을 지키고 있던 단원들이 문을 박차고 들어왔다.

"이게 대체 무슨 짓이냐, 백리웅!"

무리에는 단주에서 부단주로 밀려난 공문기도 포함되어 있었다. 백리연과 백리웅의 사이가 좋지 않다는 건 이미 백룡단 전체가 알고 있는 사실이다.

하지만 지금까지 백리연이 시비를 걸고 망신을 줬다고 해서 백리웅이 반박하거나 대들었던 적은 단 한 번도 없었다.

지금 두 사람 사이에 흐르는 기류는 보통이 아니다.

"얼른 저 녀석을 제압해라!"

공문기의 명령에 백리웅은 순식간에 몸이 묶어야만 했다.

"저 녀석 진짜 백리연이 아닙니다. 당신들이 붙잡아야 할 놈은 내가 아니라 저놈이라니까!"

"괜찮으십니까."

백리연은 창백해진 얼굴을 하고서 끌려가는 백리웅을 바라봤다.

"명백한 하극상이다. 저놈을 뇌옥에 가둬라."

"명을 받듭니다."

❖　❖　❖

　　그날 백리웅은 숙소로 돌아오지 못했다. 하극상을 저지른 대가로 그는 죄인을 가두는 뇌옥에 갇히고 말았다.
　　"이 일을 어쩌냐."
　　무태와 단유하는 심각하게 굳은 얼굴을 하고 있었다.
　　"아니, 그 순딩이 같은 양반이 하극상이라니. 듣기로는 단주 집무실을 아주 박살을 낸 모양이던데."
　　반사영과 무태는 서로의 얼굴을 쳐다봤다.
　　필히 백리웅은 대화를 나누면서 백리연이 가짜라는 사실을 확인한 것이라고 직감했다.
　　하지만 지금으로서는 달리 뚜렷한 해결 방안이 있는 것이 없었다. 그저 마음이 답답해질 뿐이다.
　　반사영은 이러고 넋 놓고 있을 수만은 없다고 생각했다. 도저히 가만히 앉아서 이렇게 가슴앓이하는 건 성격에 맞지 않는 일이다.
　　그날 밤 반사영은 또다시 잠행복으로 갈아입고 외각에서 내각으로 넘어갔다.

　　위지청의 입가가 살며시 말려 올라갔다. 비웃음은 아니다. 그저 다시금 자신에게 나타난 반사영을 향한 무한한 호기심 때문이다.

대체 무슨 생각을 갖고 있으면 소맹주인 자신의 집무실을 검은 복면으로 얼굴을 가린 채 나타나는 것일까.

게다가 오늘은 누구에게도 들키지 않고 잠입에 성공했다. 정말이지 은신술만큼은 타의 추종을 불허하는 경지에 이르렀다. 천하의 어떤 살수조차도 해내지 못한 일을 반사영이 해낸 것이다.

'후훗. 역시 피는 못 속이는 것인가.'

"그 복면은 좀 벗으시죠. 얼굴을 모르는 사이도 아닌데."

"아, 네."

마주 보고 앉은 지 꽤 시간이 지났음에도 반사영은 복면을 벗는다는 걸 잊고 있었다. 두 번째 만남이긴 하지만 아무래도 긴장을 하고 있었던 것이다.

"안 그래도 다시 뵙자고 할 작정이었습니다."

"저를요?"

"네."

"……."

"이번에는 천령군의 이목을 완벽하게 속이고 들어오셨군요."

"급하게 부탁을 드리고자 할 일이 있어서입니다."

"또 저와 거래를 하실 일이 생긴 모양이군요."

"뭐, 비슷합니다."

"궁금하지만 제 용건을 먼저 이야기해도 되겠습니까."

"물론입니다."

"이곳은 아시다시피 보이는 곳에서는 청의검대가 지키고 있습니다. 보이지 않는 곳에서는 천령군 이군이 자리를 지키고 있죠. 그런 그들의 이목을 완전하게 감추고 침입할 수 있는 존재가 몇이나 될까요."

"글쎄요……."

"제가 아는 한, 천하에서 다섯 손가락 안에 드는 살수들이나 가능하다고 보고 있습니다. 물론 일군이 지키고 있었다면 세 명으로 좁혀지겠지만 말입니다. 그대는 그 다섯 손가락 안에 드는 고수이고 말이죠."

반사영은 자신의 얼굴에 금칠을 하는 위지청의 말빨에 현혹되지 않기 위해 마음을 가다듬었다.

"그래서요?"

일부러 삐딱한 표정으로 대꾸했다. 자신이 부탁을 하러 온 입장이라는 것도 잊은 채 말이다.

"그대의 재능을 사고 싶어서 말입니다."

"나의 재능을?"

"탁월한 은신술…… 지금 그대의 경지는 절정 무인들은 꿈조차 꾸지 못할 위치에 있습니다. 그대가 익힌 은신술이 무엇인지 내놓으라고 할 수도 있지만, 그것보다 그대를 내 사람으로 만드는 것이 이득이라는 생각이 들더군요."

"그쪽 제의를 받아들이면 천령군에 속하는 겁니까?"

만약 천령군의 들어간다면 아버지에 대한 실마리를 풀
수 있을 거라는 생각이 들었다.

하지만 위지청은 고개를 가로저었다.

"천령군은 아닙니다."

"그럼 대체 나의 재능을 사서 뭘 하시려는 건데요."

"새로운 조직을 창설할 계획입니다."

"새로운…… 조직?"

"사람들은 천마교의 무리가 완전히 세상에서 지워졌다
고 믿고 있습니다. 현재로서는 천검맹을 위협할 만한 집
단으로는 마도련밖에는 없는 실정이죠. 그 마도련도 이십
년 전에 본 맹의 맹공으로 인해 기반을 잃은 지 오랩니다.
이게 현 중원 무림의 현실이라고 사람들은 입을 모아 말
합니다."

"그게 아니라는 건가요?"

"백 년 동안 천검맹은 두 세력을 적으로 뒀습니다. 그
들은 지금 잠시 날개를 꺾고 잠들어 있는 상황이죠. 그들
의 후예와 후손들은 여전히 천하 어디에선가 호시탐탐 복
수할 기회만을 노리고 있을 겁니다. 그대가 말한 세작은
빙산의 일각일 뿐이죠."

반사영은 소름이 돋았다. 위지청의 말뜻을 정확하게 알
아들었기 때문이다. 세작이 한두 명이라면 모를까 그 인
원이 수십, 수백이라면 사태는 심각해진다.

게다가 그들은 철저하게 교육을 받았을 터, 쉽사리 꼬리가 잡힐 리도 없다. 백리연으로 위장 한 녀석이 자신에게 걸리지 않았다면 백룡단주로서 천검맹 내에서 일어나는 정보를 자신의 조직으로 보고할 것이다.

백룡단주는 거의 말단 직분이다. 만약 칠대무력조직이나 그 이상의 고위급 인물이 적의 세작이라면, 그건 지극히 상상도 하기 싫은 상황이 벌어질지 모를 일이다.

"솔직히 말씀드리면 현재 본 맹에서 저와 맹주님을 제외한 누구도 믿지 못할 상황에 처해 있습니다."

"그…… 정도인가요?"

─맹주님은 가장 최측근으로 위장해 있던 적의 세작에게 공격을 당해 내상을 입으시고 심처에 드신 겁니다.

반사영은 너무 놀란 나머지 입을 벌리고 닫을 줄 몰랐다. 생각보다 천검맹 내부에서는 엄청난 일이 벌어지고 있었다는 사실에 혼란스럽기까지 했다.

"그래서 그쪽이 말하는 새로운 조직이 뭡니까?"

"오로지 나! 위지청에게만 충성과 복종하는 충성스러운 수하! 그림자처럼 적이 심어 놓은 세작의 목을 베는 위지청의 날카로운 칼날이 필요합니다."

반사영은 침을 꿀꺽 삼켰다. 위지청에게서 범접치 못할 절대자의 기운이 뿜어져 나왔다. 감히 거역할 수 없는 그런 힘이 서려 있었다.

그런 일에 자신이 개입하고 있다는 사실에 마음이 진정되지 않았다. 설레는 감정보다는 두려운 마음이 드는 게 사실이었다.

하지만 이미 마음속에서 뜨거운 무엇인가가 꿈틀거리고 있음을 스스로도 느낄 수 있었다. 무인으로서 느끼는 감정이 아니다. 한 남자로서 속 안에 존재하던 야망이 끓어오르고 있는 것이다.

"바로 답을 달라는 건 아닙니다."

"……"

"좀 더 시간을 드리죠. 자, 이제 그대가 저에게 온 이유를 들어 볼까요."

반사영은 오늘 있었던 일들에 대해서 털어놓았다. 백리웅은 응당 해야 할 일을 한 것이다. 죄가 없으니 뇌옥에서 빼내어 달라는 것과 백리연을 처리해 달라는 부탁을 했다.

"그대가 내민 조건을 수용한다면 내 제의에 긍정적인 영향을 미치는 건가요."

"……"

7장.

뒤를 쫓다

백리웅은 뇌옥에 갇힌 지 사흘이 되던 날 세상 빛을 다시 볼 수 있었다. 바로 다음 날 풀려날 수도 있었지만, 반사영이 위지청의 제안을 받아들이는 데 고민했기 때문이다.

　하지만 백리연에 대한 처벌은 시작할 기미가 보이지 않았다. 백리연이 세작이라는 사실이 내부에 퍼지면 적지 않은 혼란이 일어날 것이기에 당분간 그냥 두는 것이 좋다고 위지청이 말했기 때문이었다.

　마음에 들지는 않았지만 반사영은 그의 말을 따르기로 했다.

　반사영은 무태를 비롯해 백리웅과 단유하에게 자신이

직접 소맹주를 찾아가 자초지종을 설명했다고 말했다. 물론 소맹주 위지청과의 거래에 대한 이야기나 몰래 잠입했다는 사실은 입 밖으로 꺼내지 않았다.

사실대로 말한 이유는 딱 한 가지다. 백리웅이 언제라도 다시 백리연으로 위장하고 있는 녀석에게 덤벼들 것 같았기 때문이다. 그렇게 되면 일이 골치 아파진다. 백리연으로 위장한 녀석은 어떻게든 위지청이 처리해 주기로 약속을 했기 때문이다.

하지만 문제는 과연 진짜 백리연은 어디에 있냐는 것이다. 그것까지는 알아낼 방법이 없었다. 위장하고 있는 녀석만이 알고 있는 일이다. 고문을 한다고 해서 그 녀석이 입을 열 확률도 적었다.

그의 출신이 어딘지는 몰라도 특수한 훈련을 받았을 거라고 생각되기에 스스로 입을 연다는 것에는 크게 희망을 품지 않았다.

백리웅은 모든 사실을 듣고도 얼굴이 풀리지 않았다. 백리연을 미워한 것은 사실이지만, 그래도 같은 백리 성을 이어받은 혈육이었다.

그 자체만으로도 끈끈한 무엇인가로 연결되어 있는 것이다.

"몰래 미행이라도 하는 건 어떨까. 그 녀석은 자신의 정체가 웅이 형님에게 들켰다고는 해도 다른 이들이 믿어 주지 않을 거라 생각하고 있을 테니까."

단유하가 조심스럽게 의견을 제시했다.

"그렇다고 해도, 저와 웅이 형님이 녀석의 정체를 알고 있으니 쉽게 움직이지 않을 것입니다."

"그럼 어쩐다냐."

무태가 백리웅의 눈치를 살피며 말했다. 지금 백리웅의 상태는 어느 때보다 더 심각했다. 늘 웃으며 따뜻한 분위기를 자아내던 그였기에 곁에 있는 세 사람은 적응이 되지 않았다.

"일단은…… 무태 형님."

"왜."

"백리연의 일정을 좀 확인해야 해요."

"일정?"

"예. 특히 외부로 나가는 날이 언제인지 알아봐 주세요."

"어렵지는 않은 일인데…… 그건 왜?"

"녀석이 진짜 백리연을 감금시키고 자신이 위장하였던 날은 백룡단 수뇌부들과 외출을 하던 때였으니까요. 아무래도 녀석이 뭔가 자유롭게 움직이려면 천검맹 내부보다는 외부에서 활동할 때가 편할 테니까 말입니다."

그럴듯한 반사영의 말에 무태와 단유하는 고개를 끄덕였다.

"자신의 뒤를 누가 뒤따를지도 모르는 상황에서 녀석이 쉽게 움직일까."

백리웅이 처음으로 입을 열었다.

"단 한 명이라도 자신이 세작인 걸 알고 있으니 언제 어떻게 도주를 감행할지도 모르는 일이잖아."

"그러니 더욱 뒤를 밟아야겠죠. 녀석이 도망이라도 치는 날에 진짜 백리연은 영영 못 돌아오게 되니까요."

반사영은 단유하를 쳐다봤다.

"유하 형님이 해 줄 일이 있습니다."

"내가?"

"그나마 여기 있는 넷 중에서 백룡단 수뇌부들과 친분이 두터운 건 형님뿐입니다."

"그렇긴 하지. 전대 단주이셨던 공문기 대협이 과거에는 본 문과 인연이 있지. 게다가 나와도 몇 번인가 마주친 적이 있어서 백룡단으로 입단하고 나서도 여러 번 대화를 나누곤 했는데…… 왜?"

"공문기로 위장을 하셔야 합니다."

"뭐라고?"

"만약 그놈이 간부들과 모임을 갖는다면, 그때 공문기로 위장하고 있던 형님이 잘 감시를 해야 한단 소리죠. 볼 일을 보러 간다고 나갔다가 일각 이상 돌아오지 않는다면 반드시 저희에게 알려 주셔야 해요."

"그렇게까지 할 필요가 있을까?"

"그놈은 지금 굉장히 조심스럽게 행동해야 할 때죠. 만약 모임을 갖는 장소를 갑작스럽게 바꾸기라도 한다면 우리로서는 낭패예요."

"흐음……."

단유하는 자신 없는 얼굴이었다.

하지만 반사영이 단유하에게 이런 일을 시킨 건 그의 평소 습관 때문이었다. 그는 꽤나 관찰력이 좋았다. 상대를 모방하거나 특이한 부분을 흉내 내는 것에도 재주가 있었기 때문이다.

넷 중에서 가장 적임자였다.

"일단 이 모든 계획은 백리연의 일정을 파악한 뒤에나 가능한 일이에요."

"……."

"어째…… 뭔가 이상하다."

"뭐가요."

"제일 어린놈이 왜 대장처럼 이래라저래라 하는 건데?"

"쯔쯧."

무태를 보며 반사영이 혀를 찼다.

"꼭 무식한 양반들이 나이 따져 가면서 일합디다."

"뭐, 뭐야?"

"난 사영 말대로 따를게."

"뭐, 나도 반대는 아니야."

백리웅과 단유하가 찬성표를 던지자, 무태의 얼굴이 마치 소태를 씹은 사람처럼 구겨졌다.

"사흘 뒤, 월궁루란다."

"월궁루라……."

무태가 물어 온 정보에는 사흘 뒤 월궁루에서 백룡단 수뇌부들이 모여 회식을 한다고 했다. 월궁루라면 반사영이 백리연으로 위장한 세작과 처음으로 맞닥트리던 장소였다.

다음 날은 모든 훈련이 없는 날이라 반사영과 무태는 월궁루를 찾았다. 낮에는 음식과 술을 팔고 있었다.

그곳에서 점심을 먹으며 반사영은 주변을 탐색했다. 아직도 이곳에 백리연이 있을 거라고는 생각하지 않았다.

지하에 그런 뇌옥이 있다는 건 누가 봐도 이상한 일이다.

─월궁루 주인이 누군지 알아요?

─글쎄다…… 월궁루가 생긴 지 불과 이삼 년밖에 되지 않아서.

─천화객과 사이는 좋은가요.

─그럴 리가. 천화객에서는 신경 안 쓰는 척하겠지만 월궁루의 성장이 생각보다 빨라서 아무래도 눈엣가시 같

기는 할 거다.

—흐음.

세작으로 있는 녀석의 배후에 누가 존재하는지를 알아내는 것도 반드시 필요했다. 월궁루는 분명 그 관계 선상에서 절대로 빠지지 않는다.

월궁루의 주인이 누구인지부터 알아야 했다.

—방법이 없을까요.

—월궁루의 주인을 알아낼?

—네.

—하나 있긴 하지.

무태는 징그럽게 한쪽 눈을 찡긋거리며 웃었다.

지하는 어두컴컴했고, 먼지로 가득했다. 수십 개의 조그만 탁자를 사이에 두고 네 명씩 마작을 하고 있었다.

반사영은 무태를 따라 영문도 모른 채 끌려왔다. 대체 이곳에서 어떻게 월궁루의 실제 주인이 누구인지를 알 수가 있는지 의문스럽기만 했다.

무태는 한참을 주변을 두리번거리다가 이내 누군가를 찾은 듯했다. 그는 성큼성큼 한쪽 구석진 곳으로 다가갔다.

탁자에서 마작을 하고 있는 네 명 중 가장 나이가 어려 보이는 인물이 돈을 땄는지 환호성을 내지르고 있었다.

"봤지! 내가 오늘날이라고 했잖아! 크흐흐흐!"

딴 돈을 작은 주머니에 쓸어 담는 그의 모습을 보는 다른 이들의 얼굴에는 지독한 분노가 어려 있었다.

"여어! 우리 건이 많이 딴 모양이구나?"

무태가 찾으려던 인물이 바로 그였던 모양이다. 무태는 전혀 따뜻한 미소가 아닌 얼굴을 하고서 젊은 청년에게 어깨동무를 했다.

"내가 열흘간 여기서 잃은 돈이 얼만데! 이 정도는 따야……!"

흥분이 가시지 않은 표정으로 떠들어 대던 그는 자신에게 말을 건 대상이 누군지를 확인하더니 얼굴이 굳어 버렸다.

"우리…… 오랜만이지?"

"아…… 하하하! 무태 형님……."

"첫인사는 요게 좋겠지?"

무태는 솥뚜껑만 한 주먹을 들어 보였다.

퍼억!

이름은 비건(蜚乾)이라고 했다.

나이는 이제 열아홉. 천애 고아인 그는 다섯 살 때부터 용호방에서 성장했다. 용호방에서는 부모가 없고, 오갈 곳이 없는 아이들을 데려다가 먹여 주고, 재워 줬다.

물론 공짜는 아니다. 재능이 있는 녀석들은 무술을 가르쳤고, 계집이나 무술에 재능이 없는 아이들은 일자리를 구해 주곤 했다. 아니면 비건처럼 눈치가 빠른 아이들은 낭인들을 따라다니면서 잔심부름을 하기도 했었다.

비건은 무태의 곁에서 삼 년간 함께 중원을 떠돌아다녔다. 하지만 어느 날 비건이 무태의 돈주머니를 갖고 도주하는 사태가 발생했다.

무태가 비건을 만나자마자 주먹으로 얼굴을 가격한 이유이기도 했다.

"아이고야……."

비건은 시퍼렇게 멍든 눈 주위를 계란으로 마사지하고 있었다. 마치 눈 옆으로 커다란 혹 하나를 단 것 같았다.

"잘 지냈냐?"

"형님을 만나기 전까지는요."

"아직 입은 살아 있네. 주먹 한 방으로 끝난 걸 다행으로 알아라."

"이 정도로 끝난 건, 저한테 원하는 게 있다는 거겠죠?"

비건은 뜨거운 차를 후후 불었다.

"역시 눈치 하나는 빠르단 말이야."

"그걸로 먹고사는 데 당연하죠. 한데 제가 낙양에 있는 건 어찌 알았습니까?"

"내가 네놈이 어디 있는지 몰라서 그냥 둔 게 아니다."

"물론 귀찮으셨겠죠. 훔친 돈주머니 무게가 가벼웠으니."

오히려 잘못을 저지른 비건의 얼굴에는 억울한 감정이 가득했다.

"내가 미쳤다고 전 재산을 너에게 맡겼겠냐."

비건이 훔쳐 달아난 돈주머니에는 생각했던 것보다 적은 금액이 들어 있었던 것이다. 하지만 비건은 무태에게 돌아갈 수는 없었다. 맞아 죽는다는 게 뭔지 경험해 보고 싶지는 않았기 때문이다.

"요즘 하오문에 있다며."

"……!"

'하오문?'

반사영도 하오문이라는 곳을 잘 알고 있었다.

아니, 오히려 모르는 게 더 이상한 일이다.

소매치기, 도둑, 매춘을 업으로 삼는 최하류 인생을 살아가는 이들이 모여 만든 집단이다. 주로 하는 일은 정보를 파는 것이다.

그 정보의 급에 따라 가격도 천차만별이기도 했다. 급이 높으면 높을수록 세상에 알려지지 않은 은밀한 정보들이 대부분이다. 비슷한 세력으로는 용호방이 있지만, 엄연히 그 태생부터가 다른 집단이다.

천하를 떠도는 낭인들이 모인 용호방은 자연스럽게 이런저런 잡다한 소식들이 전해지곤 했다. 하지만 하오문은 애초에 정보를 얻어 거래를 하기 위해 만들어졌다. 그 정보들은 지극히 개인적이면서 은밀한 것들이 대부분이다.

게다가 정확도면에서는 용호방을 훨씬 뛰어넘는다.

"누가 그럽니까. 제가 하오문에 있다고."

"어쭈. 잡아떼시겠다?"

하오문 문도들은 자신이 그곳에 속해 있다고 일절 발설하고 다니지 않는다. 그랬다가는 당장 이렇게 정보를 알아봐 달라는 청탁을 매일같이 받을 테니까 말이다.

비건은 힐끔 무태의 옆에 앉아 있는 반사영을 쳐다봤다.

"이 계집애 같은 놈은 누굽니까."

"계집? 크하하하!"

반사영의 눈빛이 사늘해지는 것도 모른 채 무태는 목청이 찢어져라 웃음을 터트렸다.

"꼬맹이, 입조심해라."

"어이구, 무서워라."

반사영은 어처구니가 없었다. 긴 시간을 살아온 건 아니지만, 비건 같은 사람을 만난 건 처음이었다.

쩌적.

반사영이 만지작거리던 찻잔이 순식간에 금이 가 버렸다. 비건의 눈이 살짝 당황하는 듯하다가 이내 이채로운 빛을 띠었다.

내공으로 물건을 산산조각 내는 건 어렵지 않은 일이다. 이류라고 불리는 이들도 가능한 일이다. 하지만 반사영의 찻잔은 부서지지 않았다. 그저 금만 간 것이다. 그것이 의미하는 바를 비건이 모르지 않았다.

이는 절정 고수들만이 가능한 기술이었다.

"생긴 거랑은 다르게 제법이네."

겁 좀 주려고 한 행동임에도 비건은 전혀 주눅 들거나 하지 않았다.

─이 자식 반쯤 죽입시다.

─참아라.

반사영은 일단 비건에게서 얻어야 할 정보가 있기에 화를 가라앉혔다.

"걱정하지 마라. 내 동료니까."

"형님이 백룡단에 입단했다는 건 알고 있었습니다."

"크흐흐. 많이 컸다. 내가 낙양에 있다는 걸 알고서도 튀지 않았다 이거지?"

"제 뒤에는 하오문이 있으니까요."

"호오? 대단한 자신감인데."

무태는 지금의 비건과 과거 자신이 알고 있던 비건이 많이 다름을 느낄 수 있었다.

'하오문이 그렇게 대단했던가?'

과거의 비건은 자신보다 강한 상대에게는 비굴하게 행동했다. 방금 전처럼 반사영이 직접적으로 강한 무공을 선보였다면 여유롭게 행동하지 못했을 것이다.

세상 물정을 몰라 하오문이 천하를 내려다볼 정도의 위치가 아님을 비건이 모를 리도 없었다. 하지만 비건의 태도는 그런 집단에 속해 있는 사람 같았다.

"제가 하오문에 입문한 건 어떻게 아셨습니까."

"네놈이 뭘 먹고사는지 궁금해서 방주께 여쭤 봤다."

"하여간 그 노인네를 믿는 게 아니었어. 내가 그토록 비밀이라고 부탁을 드렸건만."

반사영은 두 가지 사실에 놀랐다.

하나는 무태가 용호방 방주와 대면할 정도의 위치라는 사실이다. 자세히는 모르지만 용호방 소속이라고 해도 한 무리의 우두머리다. 그런 그와 대화를 나눌 정도면 결코 일개 낭인은 아니라는 소리다.

또 하나는 당연히 비건의 말투였다. 마치 용호방 방주를 옆집 초로의 노인을 대하는 듯했다.

자리에 그가 없다고 해도 무태의 앞에서 할 수 있는 말은 아니었다. 그리고 무태도 그런 비건의 태도에 별다른 반응을 보이지 않는 점이다.

"그래서 하오문의 원하는 정보가 뭐죠."

"간단해. 월궁루의 주인이 누구인지야."

"그걸 알아서 뭐하게요?"

"그건 네가 알 필요 없는 일이고."

"이상한데요. 형님 같은 분이 한낱 백룡단에 입단한 것
도 그렇고, 요 녀석 같은 절정 고수가 백룡단에 있는 것도
이상한 일이지 않아요?"

그건 반사영도 궁금했던 점이다. 무태, 단유하, 백리웅.
모두가 하나같이 무공이 뛰어났다. 칠대무력조직에 입단
할 수 있을 만했다.

그런데 왜 가장 말단들이 모이는 백룡단으로 입단한 것
일까.

"네놈이 하오문 소속이라고 내 주먹이 얌전해지는 건
아니다."

"흠, 흠! 알겠습니다."

"최대한 빨리 알아봐."

"중요한 건 그게 아닙니다."

"……?"

"금액이 비싸다는 거지요."

"돈을 받으시겠다?"

"세상에 공짜는 없다. 형님이 제게 알려 준 진리 아니

었던가요?"

"어째서 공짜라는 거지? 수년 전에 네가 훔친 돈이 있는데."

비건의 눈이 반사영에게로 옮겨졌다.

"너는 뭔데 끼어들어."

"뭐하고 있어. 시간이 없다니까? 얼른 알아내 갖고 오라고."

비건은 어처구니가 없었다. 하오문이 나서서 못 알아내는 정보는 없었다. 그만큼 의뢰 비용은 상당했다.

그런데 과거의 그 몇 푼 안 되는 돈으로 퉁 치겠다는 건 거의 칼만 안 들었지 강도 수준의 행동이나 다름없었다.

"휴우."

"한숨 쉴 시간도 없다니까?"

"제가 거절하면 어떻게 됩니까."

"그야…… 네 상상에 맡길게."

비건은 알고 있었다. 이 일을 거절한다면 무태는 분명 수단과 방법을 가리지 않고 자신이 죽을 때까지 괴롭힐 것이다.

그런 결말만은 피해야 했다.

"알겠습니다. 그럼 내일 이 시간에 여기서 뵙죠."

"또 튀거나 잠적하면 그때는 어떻게 되는지 알지?"

"암요. 알고말고요."

비건이 자리를 뜨자, 반사영이 조심스럽게 입을 열었다.

"형님의 정체가 뭡니까."

"무슨 질문이 그래?"

"그리고 저 녀석 진짜 정체가 뭡니까. 용호방 방주를 노인네라고 부르질 않나."

"다 그럴 사정이 있다. 그만 돌아가자."

"연습은 잘돼 가?"

숙소로 돌아오자 단유하가 공문기의 말투와 표정을 연습하고 있는 모습이 보였다. 백리웅은 그의 앞에서 평가를 해 주고 있었다.

"나갔던 일은 잘됐어?"

"뭐, 그럭저럭요. 일단은 월궁루 주인이 누구인지 파악을 좀 해 두려고요."

"월궁루 주인?"

"네. 저 세작 놈의 배후가 어떤 세력에 속하는지 파악을 하는 게 여러모로 좋을 것 같아서요. 처음 백리연이 그곳에 납치, 감금을 당했으니까요."

"쉽게 알아낼 수 있을까?"

"뭐, 무태 형님 덕분에 전문가에게 부탁을 해 뒀죠."

백리웅과 단유하가 기특하다는 눈으로 바라보자, 무태
는 어깨를 으쓱거렸다.

"이 정도야, 뭐."

"굼벵이도 구르는 재주가 있다더니 딱 그 꼴이죠?"

반사영의 말만 아니었다면 무태는 오늘 하루를 기분 좋
게 마무리할 수 있었을 것이다.

사방이 꽉 막힌 밀실에서 반사영과 무태는 비건을 마주
하고 있었다.

"누, 누구라고?"

무태의 눈이 부릅떠졌다.

"거의 공식적으로 월궁루 주인이 누구인지에 대해서는
알려진 바가 없더라고요. 물론 아예 비밀스럽지는 않지만,
알아본 바에 의하면 백리세가의 가주 백리천호가 실제 주
인이더군요."

"허…… 허허허! 이게 말이 돼?"

무태는 기가 막힌 얼굴을 하고서 반사영을 쳐다봤다.
반사영도 어안이 벙벙한 얼굴이다.

월궁루 주인이 현 백리세가의 가주 백리천호라니! 백리
연에게는 큰형이 되는 인물이다. 이 사실이 쉽게 피부로

와 닿지 않았다.

월궁루의 실제 주인이 백리천호라면, 그 지하 밀실 또한 그의 명령으로 만들어졌다는 말인가? 왜? 그리고 왜 세작을 자신의 친동생과 맞바꿨을까. 그때 반사영이 본 백리연은 처참한 몰골을 하고 있었다.

"정확한 거야?"

"지금 하오문의 정보력을 의심하는 거예요?"

"의심이 아니라 이상하니까 그러지."

"뭐가 이상해요? 전혀 이상할 게 없는데."

비건은 오히려 호들갑을 떠는 반사영과 무태를 이상한 눈초리로 바라봤다.

"백리세가는 지금 성장 중이에요. 그러기 위해서 반드시 필요한 건 자금인데, 그걸 위해서는 월궁루가 당연히 필요한 거죠."

"천화상가와 적을 두더라도?"

"백리세가가 맹주 자리를 노리고 있다는 소문이 은연중에 돌고 있어요. 위지세가를 위협할 백리세가가 겨우 천화상가를 두려워할까요."

두 사람이 왜 월궁루 주인을 알려고 하는지 비건은 몰랐다. 그러니 당연히 두 사람을 이상하게 생각하는 것이다.

"자, 이제 볼일은 끝난 거죠?"

"그, 그래."

혼이 나간 듯 무태는 그만 나가 봐도 좋다는 손짓을 했다.

"다음에는 정해진 금액을 지불해 주셔야 해요."

무태는 대답 없이 고개만 끄덕였다.

"대체 이게 어찌 된 일이냐."

비건이 나가자마자 무태가 다급하게 질문했다.

"엿듣지 말고 그만 가라."

반사영의 한기 어린 음성에 문 밖에서 헛기침 소리가 났다. 비건이 바로 떠나지 않고 문 밖에 서 있었던 것이다.

확실히 비건의 기척이 느껴지지 않자 반사영은 입을 열었다.

"저도 머리가 복잡합니다. 백리천호가 힘을 키우기 위해 월궁루를 만든 건 이해를 하겠는데, 어째서 그 세작은 백리연을 그토록 처참하게 만들고 위장을 한 건지. 그것도 하필이면 월궁루에서."

"세작과 백리천호를 떼어 놓고 생각하면 달라지지 않을까. 백리천호는 그저 월궁루 주인일 뿐이고, 세작은 다른 세력의 속해 있는 거고."

"그렇다고 하기에는 지하 뇌옥이 마음에 걸려요. 월궁루 같은 곳에 왜 그런 공간이 있어야 하는 건지."

"아이고, 두야! 뭔 일이 이렇게 복잡한 거냐."

"일단 웅이 형님에게는 비밀로 하죠. 일단은 내일 있을 백룡단 간부들 회식에서 뭐라도 단서를 찾아낼 수 있을 테니까요."

"그래, 알았다."

백룡단 회식이 열리기로 한 날 단유하는 공문기를 몰래 자신들의 방으로 불러다가 일격을 가해 기절을 시켰다. 그리고 그의 손발을 묶고, 입에는 재갈을 물렸다. 반사영은 공문기의 혈을 눌렀다. 아마 하루 정도는 정신을 차리지 못할 것이다.

그리고 단유하는 역용술로 자신의 얼굴을 공문기와 똑같이 변형시켰다. 취미로 해 오던 역용술이지만, 거의 완벽에 가까운 수준이었다.

남은 세 사람은 누가 진짜인지, 가짜인지 구분을 할 수가 없었다.

"실수하지 말고 알았지?"

"이 정도쯤이야."

무태가 단유하의 어깨를 두드려 줬다.

"절대로 취하면 안 된다."

"내가 너냐?"

단유하는 어깨를 으쓱거리며 자신감 있게 웃었다.

세 사람 다 단유하를 믿었지만, 걱정이 되는 건 사실이다. 혹시라도 주변인들에게 들키지는 않을지 말이다.

이제 단유하가 제 역할을 하러 갔기에 세 사람은 저녁이 올 때까지 기다려야만 했다.

"살아 있겠지, 그 녀석."

백리웅은 며칠 동안 백리연의 걱정으로 인해 잠을 이룰 수 없었다.

반사영은 정말이지 그런 그의 태도를 이해하기가 힘이 들었다.

백리연은 지금껏 백리웅에게 너무나 치욕적인 언행을 일삼았다. 천검맹에서의 첫 만남도 그랬다. 아무리 같은 백리라는 성을 이어받았다고는 하지만 엄연히 직계와 방계로 갈린다.

서로가 다른 환경과 대우를 받으며 성장해서 사실 정을 느끼지 못하는 게 더 자연스러운 일일지도 모른다.

마음이 너무 따뜻해도 문제라는 걸 백리웅을 통해서 배웠다.

"자, 슬슬 움직입시다."

세 사람은 잠행복으로 갈아입고, 천검맹을 벗어났다. 그들은 각자 찢어져 월궁루 근처에서 정해진 위치에 자리를 잡았다. 반사영은 높다란 건물 지붕에서 월궁루를 내려다봤다.

날은 어두워졌지만, 그럴수록 홍등가의 불빛은 거세게 빛이 났다. 좁은 골목들 사이는 비틀거리며 거니는 취객들로 붐볐다.

얼마쯤 지났을까 월궁루 주변으로 일단의 무리가 모습을 드러냈다. 그 속에는 공문기로 위장한 단유하도 보였다. 왁자지껄 떠드는 모습이 분위기를 주도하는 듯했다.

반사영은 얼마 떨어지지 않은 곳에 숨어 있는 무태에게로 시선을 돌렸다. 이제 백룡단 간부들이 등장했으니 집중에 집중을 해야 했다. 분명 백리연은 월궁루 외부로 빠져나와 어떤 행동을 할 것이 분명했다.

자신의 정체를 아는 이가 두 명이나 존재하니 명령을 내린 이에게 보고를 할 것이다. 천검맹 내부에서는 그런 일은 불가능할 거라는 생각이 들었다.

반사영은 스스로가 생각해도 자신이 이런 예측을 하고 있는 것에 놀랐다. 그저 한낱 서생에 불과했던 자신이 지금 천검맹 내부로 스며든 세작의 뒤를 쫓고 있을 줄이야.

무림에 관해서는 그저 책을 통해서만 접해 왔지 실제로 보고, 듣고, 체험한 지는 얼마 되지 않았다. 게다가 모든 작전은 자신이 짜고 있는 것이 놀라웠다.

이제부터가 중요했다. 어떻게든 녀석이 세작이라는 것

과 백리연이 어디에 있는지를 알아내야만 했다.

"으하하하! 마시자고 마셔!"

거나하게 술판이 벌어졌다. 그 중심에는 역시나 공문기
가 있었다. 단유하는 비교적 공문기의 연기를 잘 해내고
있었다.

공문기와 술자리를 가져 본 적이 없지만 성격을 잘 알
고 있는 만큼 흉내 내는 데에는 어려움이 없었다. 일단은
반사영의 말대로 분위기를 무르익게 해야 했다. 여기 모
인 이들이 거나하게 술에 취해야만이 백리연이 마음껏 움
직일 수 있기 때문이다. 볼일을 보러 몇 번이나 나갔지만
금방 돌아왔다.

"단주님, 지난 일은 그만 잊으십시오. 그 빌어먹을 백
리웅 자식이 어디 건방지게."

단유하가 술을 따르면 백리연은 마다하지 않고 마셨다.
물론 내공으로 술기운을 없애고 있는 게 분명했다. 그건
단유하도 마찬가지다. 취한 척 연기를 하는 것도 두 사람
의 공통점이었다.

'제법 연기를 하는데.'

단유하는 젓가락을 떨어트리거나 접시를 깨 먹는 듯 행
동하는 백리연을 보며 실소를 머금었다.

어느덧 술판을 벌인지 한 시진이 넘어갔다.

절반 이상이 술에 떡이 되어 잠이 들었다.

"아이고…… 취한다아아!"

단유하는 슬슬 자신도 잠이 든 척 스르륵 몸을 바닥에 눕혔다.

그러고 있는데 백리연이 자리에서 슬슬 일어나더니 밖으로 나갔다. 이번에는 지금까지와 달리 시간이 조금 더 걸렸다.

단유하는 조심스레 몸을 일으켜 창문을 열었다. 품속에서 작은 깃발을 빼어 밖에다 대고 흔들었다.

단유하가 흔드는 깃발을 반사영, 무태, 백리웅이 봤다. 백리연이 움직였다는 뜻으로, 세 사람은 위치를 재빨리 바꿨다. 반사영은 월궁루 후문으로, 무태와 백리웅은 정문을 맡았다.

사실 정문으로 백리연이 나올 거라고는 생각하지 않았다. 자신이 감시를 받고 있을지 모르는 상황에서 뭔가를 하기에 정문은 어울리지 않았다.

그럼에도 백리웅을 정문에 있게 한 건 혹시나 백리연과 접선하는 인물이 백리세가의 사람일지도 몰라서이기 때문이었다.

괜히 후문에서 같이 있다가 그런 광경이라도 보지 않을까 해서다. 하지만 반사영의 예상은 산산이 박살이 났

다. 일각이 지나도록 백리연은 모습을 보이지 않는 것이
다.

뭔가 이상하다는 느낌을 받은 반사영은 잠행복을 벗고,
월궁루 안으로 들어섰다. 단유하도 주변을 두리번거리며
백리연을 찾고 있었다.

"어떻게 됐어?"

"밖으로는 나오지 않았어요."

"이런."

월궁루를 아무리 뒤지고 찾아봐도 백리연의 모습은 보
이지 않았다. 얼마 지나지 않아 무태와 백리웅도 잠행복
을 벗고, 월궁루로 들어왔다.

그 뒤로도 네 사람은 백리연의 행적을 찾을 수 없었다.

"아무래도 너무 경솔했네요."

위지청의 얼굴은 딱딱하게 굳어 있었다.

"……"

그의 앞에는 반사영이 앉아 있었다.

반사영은 세작의 뒤를 쫓았던 계획을 실행에 옮겼던
일, 그리고 그 세작이 자취를 감췄다는 걸 사실대로 보고
했다.

그리고 월궁루의 주인이 백리천호라는 것도 숨기지 않고 말했다. 자신이 세운 작전이 실패로 돌아갔다. 그것도 모자라 세작을 놓쳤다. 덕분에 백리연을 찾아내는 일은 미궁 속으로 빠졌다. 백리연이 걱정되어서가 아니다. 자신이 백리연을 찾을 수 있을 거라고 믿어 준 백리웅을 볼 면목이 없어서다.

"왜 제게 상의하지 않았죠?"

위지청의 목소리는 지독하리만치 차가웠다. 마치 온 세상을 얼려 버릴 듯한 한기가 서려 있었다.

반사영은 대답을 할 수 없었다. 자신의 손으로 뭔가를 해내고 싶었던 마음이 컸다. 그래서 백리연을 찾아내어 원래대로 돌려놓고 싶었다.

그래야만이 백리웅의 미소를 볼 수 있었기 때문이다.

"월궁루의 주인이 백리천호라는 사실은 확실한가요?"

"하오문에서 얻은 정보입니다."

"흐음. 제법이군요. 하오문을 이용할 생각을 다하고."

위지청의 비아냥거리는 말투에도 반사영은 반박할 수가 없었다.

"월궁루 주인이 백리천호라면 모든 게 확실해졌네요."

"네?"

"간단해요. 이제 백리연이 실종이 됐으니 조만간 백리세가에서 본 맹에 책임을 물어 올 것입니다."

"책임이라뇨?"

"백리세가의 사람이 하루아침에 사라졌으니 당연한 수순 아닌가요."

"……!"

"애초부터 이럴 목적이었던 거죠."

"설마!"

"맞아요. 백리천호는 본 위지세가에 굉장히 좋지 않은 감정을 갖고 있는 게 사실이죠. 일부러 자신의 사람을 백리연으로 위장시켜 잠입시킨 뒤 불현듯 사라진다. 백리연은 백리천호의 친동생…… 그런 그가 실종된다면 그 책임은 백룡단이 지는 게 아니죠. 바로 나, 임시지만 맹주직을 일임하고 있는 위지청이 책임을 져야 한다는 거죠."

"하지만 그런 일이라면 진짜 백리연이 해도 되는 일 아닙니까?"

"방금 제가 말한 단어 중에 실종이 있었죠?"

"……!"

"이 계획이 성립되고 나면 진짜 백리연은 세상에 나타나서는 안 됩니다. 백리천호도 백리연을 설득했겠죠. 가문을 위해서 희생하기를. 하지만 혈기 왕성한 나이에 자기 자신을 희생할 수 있는 사람이 몇이나 될까요. 평생을 없는 듯 살아야 한다면 더더욱."

만약 위지청의 말이 사실이라면 모든 의문점이 풀리게 된다. 동시에 그 잔혹함에 몸서리가 쳐질 정도다. 겨우 위지청에게 책임을 묻기 위해 동생을 희생시키다니.

"은신술에 뛰어나다고, 무공이 절정 고수의 반열에 이르렀다고 지존이 되진 않습니다. 무림이라는 세상이 바로 이렇죠. 온갖 권모술수로 가득 차 있고, 나 외에는 누구도 믿을 수 없는 세상이죠. 야망을 위해서라면 혈육도 매정하게 죽여 버리는 게 바로 무림입니다."

너무나 안일하게 생각했다. 반사영은 너무나 단순하게 이 세상을 바라봤다. 좁은 시선으로 너무나 작은 것만 보며 자란 탓이다.

"백리연의 일을 제게 보고한 이유를 제 제안의 승낙으로 받아들여도 괜찮겠습니까?"

"제 아버지에 대해서 알아봐 주십시오. 그럼 받아들이겠습니다."

"아직도 아버지가 천령군 소속이라고 믿고 있는 건가요."

"그렇습니다."

"아쉽게도 그건 맹주님이 폐관에서 나오셔야지 알 수가 있는 사실입니다. 그래야만이 천령군 군장께서도 세상으로 나오실 테니까요."

"하지만……."

반사영은 말끝을 흐렸다. 아쉬운 쪽은 자신이다. 저쪽에서는 설득력 있게 대처하는 반면, 자신은 그저 심증만을 갖고 있다. 그 누구도 아버지가 천령군 소속이라고 말해 주지 않았다.

"아마 그대가 다시 천검맹으로 돌아올 때면 맹주님께서도 폐관에서 나오시지 않을까 합니다."

"그게 무슨……."

"이번 일을 겪어서 아시겠지만 무림이라는 곳이 그리 호락호락한 세상이 아니죠. 단순히 무공만이 강하다고 살아남을 수는 없죠. 그대가 제가 원하는 조직에서 활동을 하려면 그에 해당하는 훈련을 해야만이 가능합니다."

그건 반사영도 인정했다. 하지만 훈련이라니? 대체 무슨 훈련을 받는단 말인가.

"조만간 사람들이 찾아갈 것입니다."

위지청에게는 그 말밖에 듣지를 못한 채 집무실을 나와야만 했다.

날이 밝자 천검맹이 발칵 뒤집어졌다.

적랑대 부대주였다가 좌천되어 백룡단 단주로 있던 백리연이 실종됐기 때문이다. 이른 아침부터 낙양 전체를 뒤져 봐도 백리연의 행방은 묘연했다. 천검맹 내에 머물

고 있는 칠대무력조직의 수장들과 구중천 핵심 인사들이
비상소집 됐다.

백리연이 누구던가. 사대세가 중 하나인 백리세가의 가
주인 백리천호의 혈육이다. 그런 그가 백룡단 간부들의
회식이 열리는 날 밤 감쪽같이 사라졌다.

회의가 열렸던 그 안에서 어떤 이야기들이 오고 갔는지
는 새어 나오지 않았다.

백리연의 둘째 형인 백리광(百里廣)이 광분하여 어떻게
든 동생을 찾아내라고 회의장에서 난동을 피웠다는 후문
만이 전해졌을 뿐이다.

그때 자리해 있던 백룡단 부단주들이 일차적으로 조사
를 받았다. 그 자리에는 분명 공문기가 자리해 있었지만,
정작 당사자는 기억이 없다고 말했다. 백룡단 단원 중 하
나인 단유하와 이야기를 나누던 중 잠이 든 기억밖에 없
었던 것이다.

결국 단유하를 비롯해 반사영, 무태, 백리웅은 단체로
끌려가 조사를 받아야만 했다. 조사를 받기 전 반사영이
세 사람에게 어떤 것도 말해서는 안 된다고 당부를 해 뒀
다. 그건 위지청의 뜻이기도 했다.

네 사람이 한결같이 입을 다물자 지하 뇌옥에 갇힐 수
밖에 없었다.

"죄송합니다. 다 저 때문에."

반사영은 고개를 들 수가 없었다. 이 모든 일은 자신 때문에 시작된 일이다. 세작이 백리연으로 위장했다는 것도 자신이 가장 먼저 알았다.

이번 계획도 완벽하다고 생각한 건 역시나 착각에 불과했다. 그로 인해 이런 불상사를 겪게 된 것이다. 위지청에게 말을 했더라면 이렇게까지는 되지 않았을지도 모른다.

"뭐가 미안하다는 거냐."

고개를 푹 숙인 반사영을 보며 백리웅은 쓰게 웃었다.

"모든 게 나를 위해서라는 걸 아는데, 네가 왜 미안해하는 것이야."

"뭐, 훈련도 안 받고 좋네. 이런데 한 번쯤 구경하는 것도 나쁘지 않아."

무태는 정말로 그렇게 생각하는 듯 고개를 획획 둘러보며 큰소리로 말했다.

반사영은 피식 웃었다. 작은 원망이라도 할 법도 한데 전혀 자신에게 내색을 하지 않는다. 그게 너무나 고마웠다.

일단은 위지청을 믿고 기다릴 수밖에 없었다. 그가 말한 훈련이라는 게 정확히 어떤 의미인지는 모르겠지만, 지금 자신이 할 수 있는 일은 없었다.

"형님은 왜 백룡단에 들어왔수?"

남는 건 시간이고, 밤은 길었다. 네 사람은 지난 몇 달 동안같이 지내면서도 서로가 자라 온 환경에 대해서는 잘 묻지 않아 왔다. 마치 약속이라도 한 것처럼 말이다.

딱히 할 일 없이 있는 것보다는 이렇게라도 못한 대화를 나누다 보면 긴장도 줄어들 것 같았다.

반사영과 무태, 단유하는 백리웅이 직계가 아닌 방계라는 건 이미 알고 있었다.

하지만 그렇다고 해서 말단 부대인 백룡단에 입단한 건 역시나 의아한 일이다.

"가장 밑바닥부터 시작하고 싶었지."

백리웅이 성장하면서 받은 멸시는 세 사람이 생각하는 것 이상이었다. 백리세가의 현 가주인 백리천호에게는 작은숙부가 되는 사람이 바로 백리웅의 부친이었다.

그리 먼 친척은 아니지만 엄연히 방계로 구분된다.

직계와 방계의 차이는 하늘과 땅만큼이나 엄청난 거리가 있었다.

오직 직계만이 백리세가의 절기를 배울 수가 있었다.

아무리 재능이 뛰어나다고 해도 타고난 피가 방계라면 자격 조건이 주어지지 않는다.

백리세가의 제자들과 다를 바가 없는 것이다.

그들이 익히는 기본적인 내공과 무공들만이 방계에게 허락된다. 물론 최상으로 익힌다면 그것만으로도 일류로 성장이 가능한 일이다.

하지만 백리웅은 아버지의 복수를 원했다.

"복수요?"

반사영이 깜짝 놀라 물었다.

"휴우."

백리웅은 한숨을 토해 내더니 잠시 입을 다물었다.

백리웅의 부친과 백리천호의 부친이 다음 가주 자리를 놓고 팽팽한 줄다리기를 하던 시절이 있었다. 가장 유력한 후보는 장남이 아닌 백리웅의 부친이었다.

하지만 결과는 정반대로 뒤집어졌다.

두 사람의 비무에서 백리웅의 부친이 패배한 것이다.

그 뒤로 피를 토해 내며 죽음을 맞이했다.

그 당시 백리웅은 어머니 뱃속에 있었다.

후에 백리웅의 모친은 본가에서 쫓겨났고, 다른 곳에서 아들을 낳을 수밖에 없었다.

"어머니는 분명 아버지께서 공정한 대결이 아닌 사술에 당하신 거라고 하셨지."

"독 말인가요?"

백리웅은 힘겹게 고개를 끄덕였다.

"본래 그런 거지. 문파나 무가에서의 권력 싸움은 혈연, 지연이라고 해서 사정을 봐주지 않는 법이지."

단유하의 말에 백리웅도, 무태도 공감하는 얼굴로 고개

를 끄덕거렸다.

이 세 사람은 무림이라는 세상을 온몸으로 겪은 경험자들이다.

반사영은 자신이 얼마나 우물 안 개구리였는지를 다시 한 번 깨달았다.

"가장 바닥부터 내 힘으로 성장하고 싶었어. 그래서 꼭 아버지의 죽음을 내 손으로 밝혀내고 싶었지."

반사영은 백리웅이 자신과 다르지 않은 이유로 힘을 갖기를 원한다는 사실을 오늘에서야 알았다.

그 이야기를 듣고 나니, 이번 사건으로 백리웅은 돌이킬 수 없는 오명을 쓰게 될 것임을 깨달았다.

백리세가의 사람이 백리연의 실종과 연관이 되어 있다니.

"넌 신검무를 펼칠 수 있는 능력이 있으면서 왜 백룡단으로 온 거지?"

단유하는 시선이 자신에게로 쏠리자 어깨를 으쓱거렸다.

"사부님께서 좀 더 세상을 배우라더군."

"사부님이 누구신데."

"태산검(泰山劍)."

"……!"

반사영과 무태의 입이 딱 벌어졌다.

멀쩡한 건 백리옹뿐이다.

"맙소사."

"어…… 우리가 아는 태산검 구자량(具紫梁) 대협이
맞는 거냐?"

"사부님 앞에서 대협이라는 호칭을 썼다가는 반 죽
지."

태산검 구자량.

오십 년 전에 천하를 호령하던 불세출의 영웅이었다.

그의 검 아래 죽어 나간 천마교와 마도련의 무인들만
기백이 넘을 것이다.

그는 현재 유성검문의 원로로 세상을 등진 채 조용히
살고 있었다.

단유하가 그의 제자였다니!

그가 신검무를 펼칠 수 있는 건 어쩌면 당연한 일일지
도 몰랐다. 백리옹만이 그가 태산검의 제자라는 사실을
알고 있었다.

어린 시절 태산검을 직접 만날 수 있었고, 그의 옆에
있던 어린 제자를 봤었다.

또한 백리옹에게만 신검무를 보여 주기도 했다.

그건 태산검이 백리옹의 부친을 평소에 어여삐 여겼기
때문이다. 그 아이의 자식에게 개안을 할 경험을 주고 싶
었던 것이다.

"사부님에게 제자가 있다는 사실은 유성검문에서도 아는 이들이 거의 없어. 사부님은 유성검문 장원에서 멀찌감치 떨어진 곳에서 사시니까. 사람들은 그저 내가 사부님의 시종 노릇을 하며 기본적인 무공만을 배우는 거라고만 알 뿐이지."

공식적으로 제자를 두었다고 발표하지 않은 이유는 단유하가 세상의 관심을 받는 것이 마음에 들지 않았기 때문이다.

"난 이 중에서 네가 가장 이해할 수가 없다. 얽매이는 걸 싫어하는 용호방 낭인이 어째서 천검맹 안으로 들어올 생각을 했는지."

"형님이 돌아가셨다."

"친형님이?"

"그래."

무태와 그의 형은 용호방 소속 낭인 중에서도 상위권에 속해 있는 실력자들이었다.

천하를 떠돌면서 두 형제는 어려운 사람들을 도우며 지냈다. 그러던 어느 날 한 사람의 호위를 맡게 됐다.

천권문 문도의 딸이 시집을 가기 위해 낙양으로 향하는데, 곁에서 지켜 달라는 것이다.

이미 두 형제의 무위는 웬만한 무인들을 압도했다.

낙양으로 향하던 중 암살 시도가 있었다.

의뢰자의 딸은 지킬 수 있었지만, 무태의 형은 그 자리에서 목숨을 잃었다.

나중에 알고 보니 암살자들은 마도련 소속이었다고 했다.

"그게 삼 년 전의 일이다. 그 뒤로 망나니처럼 살다가 정신을 차려 보니 곁에는 아무도 없더라. 그래서 제대로 살고 싶었지."

"……."

"복수를 하려고?"

"글쎄다. 겨우 백룡단원이 된 놈이 마도련을 향해 뭘 할 수 있겠냐."

무태는 자조 섞인 미소를 머금었다. 반사영은 세 사람의 사연을 들으면서 더 죄책감에 시달렸다.

각자의 인생을 버리고 뭔가를 얻기 위해 온 백룡단이다. 하지만 백리연의 실종으로 인해 백룡단은 물론 목숨까지도 보장받을 수가 없는 상황이 됐다.

자신은 위지청과의 거래 때문에라도 살아남을 가능성이 컸다.

지금 당장 위지청에게 달려가서 세 사람을 구해 달라고 청을 하고 싶었다.

뇌옥에 갇힌 지 이틀째가 되던 날 네 사람은 청천벽력

같은 소식을 듣게 됐다. 백리연의 실종에 직접적으로 관련되어 있는 그들을 백리세가에서 직접적으로 심문한다는 것이다.

백리세가의 입장은 단호했다. 또한 백리연의 실종에 대한 책임을 임시 맹주인 위지청에게 강력하게 물었다.

위지청의 말대로 백리천호는 어떻게든 위지세가의 힘을 약하게 하기 위해 이때를 놓치지 않으려고 했다.

조만간 이번 사건으로 인한 보상을 백리세가 쪽에서 제시할 것이다. 그걸 수용해 주지 않을 시 칠대무력조직에 속해서 중대한 임무를 맡은 자신들의 사람들을 모조리 빼내 올 것이 틀림없었다.

백리웅의 안색은 급격하게 죽어 갔다.

얼굴에는 핏기가 없었고, 물 한 모금 입에 대지 않았다. 백리세가의 본가로 간다는 말은 백리웅에게는 딱 두 가지 결말을 가져온다.

파문 혹은 죽음.

둘 다 백리웅에게는 최악의 결말이다.

"걱정 마. 사부님이 이미 소식을 들으시고 뭔가 대책을 마련하고 계실 테니."

단유하가 무겁게 가라앉은 분위기를 바꿔 보고자 입을 열었다. 물론 그의 말대로 태산검이 나선다면 의외로 일이 쉽게 풀릴지도 모를 일이다.

하지만 백리웅은 아니다. 이 사건이 좋게 마무리된다 하더라도 그는 가문에서 파문당하는 건 모면하기가 힘들 것이다.

네 사람은 뇌옥에서 나와 마차에 올라탔다.

'대체 뭐하는 거야, 이 인간은!'

그때까지도 위지청은 아무런 연락을 해 오지 않았다. 상황이 여의치 않으니 자신을 버리는 것인가? 충분히 그럴 수 있었다.

지금 위지청이 반사영과 세 사람을 옹호하고 나선다면 그의 입지가 불리해진다. 사라진 백리연이 가짜라는 걸 떠들어 봤자 물증이 없지 않은가.

"총타를 떠났습니다."

네 사람을 태운 마차가 천검맹을 떠났다는 곽대우의 보고에 위지청은 무심한 얼굴로 고개를 주억거렸다.

"이제부터가 시작이겠군요."

"반사영과 그들 모두를 데리고 갑니까?"

"물론이죠. 우연의 일치일지 모르지만, 알아보니 제법 괜찮은 실력들을 갖고 있더군요."

"백리세가의 일은 어찌 처리할까요."

"그동안 준비해 놨던 걸 푸세요. 이번 일로 인해 본가에 적대시하려던 생각이 얼마나 부질없는 것인지를 알게끔."

"알겠습니다."

"무슨 일이 있어도 백리세가에 도착하기 전에 그 사람들을 빼내야 합니다."

"명을 받듭니다."

8장.
납치되다

덜커덩. 덜커덩.

마차는 하루 종일 뒤뚱거렸다. 잘 닦여진 도로가 아닌 산길을 달렸다.

마치 누군가에게 쫓기듯 마차의 속도는 빨랐다. 이 정도 속도면 넉넉잡아 이틀이면 백리세가로 도착할 수가 있었다.

무태는 이를 빠드득 갈았다. 상황이 왜 이렇게 돌아갔는지 답답할 뿐이다. 백리세가에서 심문을 받는 건 죽으러 가는 것과 다르지 않았다.

물론 여기 마차에 있는 이들 중 무태와 단유하만큼은 안전했다. 목숨을 잃을 상황까지는 가지 않을 것이다.

그렇다고 쉽게 풀려날 것이라고는 생각하지 않았다. 온갖 고문으로 차라리 죽는 게 덜 고통스러울 것이다.

"확 도망이라도 칠까."

충분히 가능한 일이다. 네 명이 힘을 합치면 말이다. 하지만 그 뒷감당은 누구도 책임질 수 없었다.

도망을 치면 백리연이 실종된 일을 자신들이 벌인 짓이라 자백하는 것밖에 되지 않는다. 그럼 어찌 될까.

무림 공적으로 온 천하에 무림 세력들에게 뒤쫓기는 신세가 되어 버린다.

"잠자코 있어."

죽은 듯이 눈을 감고 있던 백리웅이 한마디를 툭 내뱉었다.

"어떻게든…… 내가 잘 해결해 보마."

"형님……."

이 중에서 가장 마음이 답답한 인물이 백리웅이다.

한참 동안의 침묵을 깬 건 반사영이다.

"합시다."

무태와 단유하가 눈을 번쩍 떴다.

"자신 있어? 성공한다고 해서 우리가 살아남을 가능성은 없어."

"알아요."

"그래도 하자고?"

반사영은 고개를 끄덕인다. 자신감으로 가득 차 있지는 않았지만 왠지 이 선택이 맞을 것 같다는 기분이 들었다.

물론 무태의 말처럼 도망을 친다고 해결되지 않는다. 오히려 사태를 더 악화시킬 뿐이다.

하지만 이대로 넋 놓고 백리세가로 끌려간다고 해도 뭔가 달라지지 않는다. 그렇다고 위지청의 손길을 기대하는 것도 어리석은 일이다.

그가 자신의 재능을 탐냈지만, 찾아보면 얼마든지 더 뛰어난 인재는 존재한다. 그에게는 그런 이들을 찾는 데 어려움을 느끼지도 않을 것이다.

게다가 지금은 내부의 적으로 판단된 백리세가에 집중을 해야 할 때다.

지금 자신들을 구해 주는 일에 작은 흔적이라도 남긴다면 위지청에게는 적지 않은 출혈이 될 것이다.

결국 백리세가로 끌려가기 싫다면 자신들의 힘으로 해내야만 한다.

"도망친 후에 사부님에게 연락을 하면 돼."

"태산검께서 도와주실까?"

"내가 죽으면 그 노인네 남은 삶이 적적하실 게야."

"아무리 태산검이시라 하셔도 상대는 백리세가입니다."

"쯔쯧. 사부님이 두려워하시는 건 이 세상에 없어. 천검맹 맹주라 할지라도."

문제는 태산검을 만나기 전에 자신들이 살아남을 수 있을까 하느냐다. 백리세가에서 유성검문은 거리가 상당했다. 사람을 보내온다 하더라도 빠른 시일 안에 접촉하기란 불가능하다.

"너희들끼리 도망쳐라."

　맥이 탁 풀리는 목소리로 백리웅이 중얼거렸다.

"그게 뭔 소립니까! 같이 가야지."

"쉬잇! 목소리가 너무 커요."

　반사영이 무태의 입을 성급하게 막았다.

"충분히 가능성이 있어요. 우리를 호송하는 무인은 겨우 열 명이에요. 이 쇠사슬이야 푸는 건 일도 아니고. 점혈이야 반나절이면 풀 수 있어요."

"그게 중요한 게 아니다. 내가 만약 여기서 도망친다면 나의 어머니가 어찌 될지 모른다."

"하아……."

　그랬다. 네 사람 중 지켜야 할 가족이 있는 건 백리웅뿐이다. 백리세가로 가서 백 번, 천 번 사죄해야 하는 이유는 바로 어머니 때문인 것이다.

　그렇다고 백리웅을 빼놓고 도망을 칠 수도 없는 일이다.

"하지만 이대로 백리세가로 끌려간다고 해도 달라지는 건 없어요. 형님이 지금 도망친다고 해서 어머니께서 어떤 위협을 받을 거라고는 생각하지 않아요."

"꼭 그 때문만은 아니다. 어머니의 안위도 걱정이 되지만, 백리연이 그렇게 되도록 지켜 주지 못했다…… 그것만으로도 나는 어떤 처벌도 달게 받아야 할 녀석에 불과해."

반사영은 속이 뒤집힐 것 같았다. 속이 물러 터져도 너무 과하다 싶을 정도다. 반사영은 뭔가 더 설득을 하려다가 입을 다물었다.

마차가 멈췄기 때문이다.

네 사람을 백리세가로 호송하는 이들은 청의검대 무인들이었다. 가는 중간에 백리세가 본가의 무인들에게 인계한다고 들었다.

마차가 멈춘 건 식사를 해야 했기 때문이다.

어느새 해는 저물어 있었다.

네 사람은 마차에서 내려 청의검대 무인들의 따가운 시선을 받으며 끼니를 때웠다. 따뜻한 음식은 아니고 육포나 벽곡단이 전부다.

"어이, 형씨. 술이라도 좀 주쇼."

무태가 웃으며 농담조로 말을 걸어도 돌아오는 대답은 없었다.

그들은 줄곧 냉랭한 태도를 유지했다.

그런 태도에 비해 그리 엄격한 제지는 가하지 않았다.

한낱 백룡단 신참들을 호송하는 임무다. 적당한 긴장감으로도 충분히 임무를 완수할 수준인 것이다.

게다가 조금만 더 가면 백리세가의 무인들에게 인계를 하니 별다른 어려운 일은 없었다.

"언제쯤 백리세가의 무인들을 만납니까?"

"왜 벌써부터 겁이 나 죽을 것 같으냐."

이번 호송 임무를 책임진 자가 시큰둥하게 대꾸했다.

그나마 조금이나 직책이 있는 자라 별다른 긴장이나 눈치를 보지 않았다.

"아이고, 말도 마십시오. 가면 얼마나 쥐 터질지. 생각하면 돌아 버릴 지경입니다."

"그러게 왜 그런 몹쓸 짓을 했느냐 말이야. 아무리 백리연이 밉다 해도 그렇지. 그래도 같은 핏줄인데 말이야."

상급자의 시선이 백리웅에게로 날카롭게 쏘아져 나갔다.

"그런데 정말…… 죽였나?"

무태에게 한 질문이지만, 백리웅의 어깨가 움찔거렸다.

"아, 글쎄 우리는 그 인간 실종에 대해 아무런 상관이 없다니까요."

"그걸 믿어 줄 사람은 없어. 주도면밀하게 백리연을 죽였다고 이미 주변에서는 확신을 하고 있지."

"아, 글쎄 아니라니까 그러네."

―형님.

무태가 수다를 떠는 사이 반사영은 백리웅에게 전음을 보냈다. 무태가 저러는 건 어서 백리웅을 설득하라는 뜻일 것이다.

―월궁루의 주인이 누군지 아십니까.

―……

반사영은 더 이상 숨기지 않기로 했다. 백리웅을 정신 차리게 할 수만 있다면 뭐라도 해야만 했다.

―백리천호랍니다.

그 순간 백리웅의 눈빛이 변했다.

―그게 무슨 말이냐.

―하오문에서 얻은 정보입니다. 월궁루의 실제 주인은 백리천호. 그리고 도망친 세작 놈과 진짜 백리연을 만난 곳도 월궁루입니다. 일개 홍등가에 위치한 월궁루 지하에 그런 뇌옥이 있다는 것이 납득이 가요?

―……

백리웅은 정확하게 알아듣지 못한 얼굴이었다.

―백리천호는 월궁루를 짓고, 천화객을 위협하고 있어요. 그건 위지세가에 대한 선전포고죠. 백리연의 실종으로 인해 그들은 위지청에게 책임을 묻겠죠. 애초부터 백리연을 희생시킴으로써 위지세가의 입지를 흔들 작정으로 말이에요.

백리웅은 몰래 전음으로 대화를 나누고 있음을 잊은 듯 눈을 부릅떴다.

다행히 그걸 눈치챈 이들은 없었다.

"이제 끌려가면 고생길이 훤할 텐데, 마지막으로 술이나 좀 먹읍시다."

"이 친구야, 여기 술이 어디 있겠나."

"내가 잘못 맡은 건가? 저기 저분한테서 향이 그윽한 술 냄새가 났던 거 같은데."

―천호 형님께서 그런 짓을 할 이유가 없다.

―세간에 이미 널리 퍼진 평을 형님만 모르고 계시고 있네요.

―…….

―백리세가는 언제나 이인자로서 지냈다고 그러더군요. 하지만 언제까지고 그렇게 모든 영광을 위지세가에게만 양보할 수 있을까요.

―사영! 지금 내 앞에서 백리세가를 욕보이는 것이냐.

―지금이 기회입니다. 지금이 아니면 영영 기회가 오지 않을 겁니다. 저희와 함께 가요.

―그럴 수는 없다.

'이익!'

반사영은 하마터면 소리를 지를 뻔했다.

내일이면 백리세가의 무인들에게 넘겨진다. 그러면 영

영 도망칠 기회는 사라질 것이다.

반사영은 더 이상 백리웅을 설득하는 걸 포기했다. 설득이 안 된다면 강제로 끌고라도 도망쳐야만 한다.

오늘 밤을 여기서 쉬어 가기로 결정을 내렸다. 청의검대 대원들이 모닥불을 피우고 노숙을 준비하는 사이 반사영은 점혈을 푸는 데 집중했다.

스스슥.

반사영은 이곳으로 일단의 무리가 다가옴을 느꼈다. 그들이 누구인지 모르지만 움직임이 지극히 은밀하다. 반사영의 마음이 다급해졌다.

'백리세가의 놈들이 벌써 왔나.'

─형님, 서두릅시다.

반사영의 전음을 들은 무태의 눈빛이 변했다.

무태는 단유하를 바라봤다. 단유하는 자신 있게 고개를 끄덕인다.

세 사람 다 점혈을 풀었다. 이제 내공을 자유자재로 쓸 수가 있었다.

"으아아악!"

무태가 괴성을 지르며 자리를 박차고 일어섰다. 동시에

양손에 묶여 있던 쇠사슬을 끊어 버렸다.

가히 엄청난 괴력이다. 내공을 운용할 수 있다고 저렇게 쉽게 끊을 수는 없었다.

자유롭게 풀린 주먹으로 가장 옆에 있는 청의검대 무인의 턱주가리를 가격했다.

빡!

턱을 얻어맞은 그는 맥없이 주저앉아 버렸다. 무태는 그에게서 검을 빼앗아 들어 반사영의 쇠사슬을 끊어 버렸다.

"뭐, 뭐야. 어떻게!"

책임자의 목소리가 부들부들 떨렸다. 점혈을 당해 내공을 운용할 수 없을 텐데, 어찌 저 쇠사슬을 끊어 내느냔 말이다.

"술 안 내놔서 열 받았잖아요."

반사영이 장난스럽게 웃으며 자신에게 덤벼드는 대원 둘을 순식간에 고꾸라트렸다.

책임자는 다시 한 번 자신의 눈을 의심했다.

일개 백룡단 신참들이다. 그곳에서 아무리 뛰어나다고 해 봐야 애송이들에 불과한 일이다.

결코 저렇게 자신들의 수하들을 아기 다루듯 할 수가 없었다.

반사영은 단유하와 백리웅을 포박하고 있던 쇠사슬을

끊었다. 이제 청의검대 무인들의 숫자는 일곱이다.

"내가 세 놈을 맡지."

"무태, 너무 욕심이 과한데?"

단유하와 무태는 이 상황을 즐기고 있었다. 반사영은 점점 다가오는 정체불명의 무리에게 신경이 쓰였다.

쐐애액!

무태의 신형이 앞으로 쏘아져 나갔다. 거구의 덩치와는 어울리지 않는 속도였다. 동시에 반사영과 단유하도 움직였다.

"막아라! 어서!"

남은 청의검대 대원들도 검을 뽑아 들어 세 사람의 공격을 막아섰다. 하지만 애초에 싸움이 되지 않는 실력의 격차가 존재했다.

온갖 실전으로 다져진 무태의 여유로움, 단유하의 날카로운 검공, 그리고 소리 없이 다가와 목에 검을 박아 넣는 반사영.

이 세 사람의 공격을 막아 내기에 청의검대 대원들은 강하지 못했다.

부들부들.

수하들이 나가떨어지는 와중에도 책임자가 할 수 있는 건 겁에 질려 있는 일뿐이다. 실력 차이가 너무 났다.

순식간에 자신을 제외한 아홉 명의 수하들이 바닥에 널

브러졌다. 정말 눈 깜짝할 사이에 벌어진 일이다.

"사, 살려 줘라."

"살려 줘라?"

"아니! 살려 주십시오!"

"이러니 천검맹이 썩었다는 말이 나도는 거야."

무태는 커다란 보폭으로 그에게 다가갔다.

"죽이진 않을 거요. 그냥 조용히 기절해 있으면 되니 겁먹을 것 없습니다."

책임자의 눈은 그걸 지금 위로라고 하고 있느냐는 듯 따지고 있는 것 같았다.

"커헉!"

무태의 주먹이 닿기도 전에 겁에 질려 있던 책임자의 목이 잘려 나가며 피를 뿌렸다.

"……!"

그의 육체가 허물어지듯 쓰러졌다. 그 뒤로 일단의 무리가 나타났다. 모두 다섯 명.

하나같이 지독한 살기를 뿜어 대고 있었다.

무태의 눈가가 파르르 떨렸다.

갑작스럽게 나타난 이들을 본 순간 본능이 경고를 해 오고 있었다. 피해라! 피하지 않고 맞서면 죽는다.

이들에게서는 죽음의 냄새가 났다.

짙은 혈향이 후각을 자극했다.

결코 정파인들에게서는 느낄 수 없는 엄청난 기운에 피부가 따가워졌다.

그건 무태의 뒤에 있는 세 사람도 느낄 수 있는 것이다.

무태는 자신도 모르게 뒷걸음질을 쳤다.

"웅이 형님…… 이자들 대체 뭡니까. 백리세가의 놈들이오?"

"아니, 아니다."

백리세가 무인들은 결코 아니다.

"반사영이 누구냐?"

선두에 있는 중년인이 물어 왔다. 지극히 무미건조한 목소리다.

"제가 반사영입니다."

중년인은 한차례 반사영을 훑어보더니 입을 열었다.

"저놈을 제외하고는 모조리 죽인다."

"존명!"

뒤에 시립해 있던 자들이 순식간에 자취를 감췄다.

파박!

뒤로 물러서던 무태의 다리로 검날이 훑고 지나갔다.

"크윽!"

정말이지 귀신같은 움직임이다. 어떤 기척도 감지하지 못했건만 어느새 나타나 검을 휘두르다니.

무태는 그대로 바닥을 나뒹굴어 다음 공격을 피해 냈다.

무태만이 당혹스러워한 건 아니다. 반사영, 백리웅, 단유하도 놀란 건 마찬가지다.

"이것들 대체 뭐야."

단유하는 명색이 태산검의 제자다. 그런 그조차도 혀를 내두를 정도로 이들의 실력이 대단했다.

네 사람에게 한 명씩 붙었다.

상처를 입은 건 백리웅과 무태다.

반사영은 월야무영을 펼쳤다.

쉬쉬쉿!

검을 수차례 찔러봤지만, 월야무영을 펼치는 반사영의 옷깃조차 스치지 못했다.

'월야무영!'

중년인의 눈이 이채롭게 반짝거렸다.

'다시 보게 될 줄이야!'

그는 진정으로 감탄했다.

비록 그의 생각보다는 덜 완성되어 있다는 느낌을 지울 수 없었다. 하지만 반사영이라는 사내가 펼치는 보법은 분명 월야무영이다.

반사영을 맡은 수하의 검은 지극히 쾌검이다. 빠르기만 한 것이 아니라 정확하게 급소를 찌른다. 하나 그것만으로 월야무영을 감당할 수는 없었다.

중년인은 스스로에게 물었다. 지금의 자신이라면 저 젊

은 사내를 이길 자신이 있느냐고 말이다.

　중년인은 확신할 수가 없었다.

　하지만 수하들로는 벅찬 임무다.

　직접 나서야만 했다.

　서걱!

　처음으로 사람의 목을 베었다. 전혀 어려운 일은 아니었다. 죄책감 같은 기분도 들지 않았다. 손끝에서 전해져오는 이 묵직한 느낌은 전혀 이상하지 않았다.

　"하아압!"

　공중에서 중년인의 검이 내리쳐졌다.

　쾅!

　내공이 잔뜩 주입된 검과 검이 부딪혔다. 그 파장은 다른 이들에게까지 고스란히 전해졌다.

　"크윽!"

　검이 내려치는 힘이 상당 했다.

　반사영은 급히 뒤로 물러나더니 검에 기운을 몰아넣었다. 순식간에 그의 검 면에 핏물이 맺혔다.

　중년인은 반사영이 어떤 걸 펼치려고 하는지 알기에 황급히 멀리 떨어졌다. 하지만 그의 움직임은 조금 늦은 감이 있었다.

　쾌검혈우(快劍血雨).

콰콰콰쾅!

반사영의 검 끝에서 핏물이 비처럼 내렸다. 가히 살인적이고 광폭했다.

그 충격 여파로 인해 땅은 처참하게 변해 버렸다.

"쿨럭!"

중년인은 내상을 입었는지 입 밖으로 피를 토해 냈다.

반사영은 거기서 끝을 내지 않았다. 이번에는 폭뢰비를 펼쳤다.

또다시 검기가 뿌려졌다.

퍼엉!

백리웅과 대치 중이던 사내가 중년인의 앞으로 나타나 검기를 그대로 막아섰다. 그의 육체는 반으로 쪼개졌다.

그의 몸에서 뿜어져 나온 핏물로 바닥은 이미 흥건해져 버렸다.

"당신 누구야."

"크흐흐. 그건 나와 함께 가 보면 아는 일이고."

"소맹주님이 보냈나?"

"아니."

중년인의 눈이 차갑게 변했다.

번쩍!

그는 팔을 들어 올렸다.

<u>스스스슥.</u>

"……!"

공터 주변 나무에서 소리가 났다. 그곳에서 궁을 든 무인들이 나타났다. 그 숫자는 서른 명 가까이가 됐다.

"순순히 따라가지 않는다면 네놈의 동료들이 화살받이가 되겠지."

"처음부터 죽일 작정 아니었나?"

"계획은 어느 때라도 바뀔 때가 있는 법이니까."

궁수들이 일제히 화살을 날리면 자신의 힘만으로는 불가능하다. 물론 세 사람의 무위도 만만치 않지만 살아남을 가능성은 희박하다.

내공이 실린 화살은 엄청난 힘과 속도를 낸다. 게다가 백리웅과 단유하는 당장 들러붙은 무인을 상대하기도 벅차다.

"그러죠. 대체 누가 날 이토록 보고자 하는지도 궁금하긴 하네요."

저들이 남은 세 사람의 안전을 보장해 줄지는 미심쩍은 일이었다. 하지만 이대로 대항한다고 해서 달라질 일은 없었다.

불리한 쪽은 자신들이고, 칼자루를 쥔 것은 저들이니까 말이다.

"단, 세 사람을 먼저 보내 주시죠."

"너 대체 지금 뭔 소리를 하는 거냐?"

무태가 인상을 가득 구기며 목소리를 높였다.

"우리 겨우 저런 것들에게 쫄아서 너를 보낼 놈들로 보이디?"

"반사영이 그동안 우리를 졸로 본 모양이다, 무태야."

말과는 달리 두 사람은 꽤나 지쳐 있었다. 무태는 한쪽 다리를 절뚝거렸고, 단유하는 팔에 상처를 입었다.

"그러게 평소에 형들답게 행동하지 그랬냐. 나처럼."

반사영은 백리웅에게로 시선을 돌렸다.

백리웅은 어깨를 으쓱거리며 웃고 있었다. 자신들은 신경 쓰지 말라는 뜻이다.

그런 그들에게 할 수 있는 건 마주 웃어 보이는 것뿐이었다.

"남아의 일언은 중천금이라는 말 알아요?"

"뭐라고?"

"그거 다 헛소리예요. 사람이 가끔은 했던 말을 번복할 수도 있어야 사람다운 거죠. 그렇죠?"

중년인의 얼굴이 벌겋게 달아올랐다.

반사영의 말뜻이 무엇인지 알아 버렸기 때문이다.

"그럼 번복한 말에 대한 대가는 치러야겠지."

"얼마든지."

중년인의 손이 다시 한 번 올라갔다.

척, 척!

궁수들이 일제히 목표물을 보며 활시위를 잡아당겼다.

반사영은 마른침을 삼켰다. 어떻게든 일행들이 이 공격만 잘 견뎌 내 주면 된다. 이들을 움직이는 중년인을 인질로 잡을 계획이었다.

그게 성공만 한다면 충분히 이곳을 빠져나갈 수가 있을 것이다.

"조심하세요, 다들."

"오냐!"

"벌집을 만들어 줘라!"

슈슈슈슉!

하늘에서 화살비가 쏟아져 내렸다.

촤르르륵!

힘차게 활시위를 떠난 화살들은 제힘을 잃고 바다으로 후드득 떨어져 내렸다.

검은 갓을 쓴 일단의 무리가 어느새 등장해 검막으로 화살들을 모조리 막아 낸 것이다.

"또 뭐야."

정체를 알 수 없는 자들이 다시 등장하자 반사영 일행은 당혹스럽기만 했다. 화살을 막아 준 걸로 보아 적은 아닌 듯했다.

"네놈들은 뭐냐."

중년인은 일이 점점 꼬이는 기분에 몹시 신경이 날카로

워졌다.

갓을 쓴 이들은 어떤 기척도 없이 나타났다. 하나같이 일류를 넘어 절정의 경지에 이르지 않고서는 불가능한 일이다.

또한 동시다발적으로 검막을 펼칠 수 있는 자들은 흔치 않았다.

―위지세가에서 왔소.

반사영은 누군가 자신에게 전음을 보내자 화들짝 놀랐다.

"살(殺)."

갓을 쓴 무인들에게서 낮은 목소리가 흘러나왔다. 그 순간 검막을 펼쳤던 무인들이 사방으로 흩어져 나갔다.

주변은 온통 피 냄새로 가득했다.

시산혈해!

덜덜덜.

중년인의 턱 끝이 멈추지 않고 떨려 왔다.

태어나 이처럼 두려웠던 적은 없었다.

방갓을 쓴 자들의 무위는 차원이 달랐다. 불과 일각이라는 시간밖에 걸리지 않았다.

그 짧은 시간 동안 수하들이 모조리 도륙을 당했다. 결코 누구도 저들을 저토록 무참히 유린할 수 없을 강자들이다.

"너의 주인에게 가서 전해라."

"……!"

"위지세가는 감히…… 감히 그 어떤 누구도 범접하지 못할 가문이라는 것을."

중년인에게 말을 건 인물은 보이지 않았다. 방갓을 쓴 이들 중에서 흘러나올 뿐 어떤 이가 입을 여는지 알 수가 없었다.

중년인은 이들의 수장이 자신의 주인이 누구인지를 꿰뚫고 있다고 생각했다. 중년인은 무인의 자존심을 버리고 이곳에서 살아 떠나는 걸 선택했다.

"함께 가시죠."

방갓을 쓴 이들 중 한 사람이 방갓을 벗었다.

삼십 대 초반의 그는 애꾸였다.

"정말 소맹주님께서 보낸 분들인가요?"

"그렇습니다. 멀지 않은 곳에서 여러분을 기다리고 계십니다."

백리웅과 무태, 단유하의 시선이 반사영에게 모아졌다.

대체 지금의 상황이 어찌 돌아가는지에 대한 설명이 필요한 눈치다.

하지만 반사영이라고 해서 달리 정확하게 지금의 상황을 설명할 수 있는 건 아니다.

그저 아직까지는 이들이 자신들을 도와주러 왔다는 것밖에는 알 수 없었다.

하는 수 없이 반사영 일행은 방갓을 쓴 무리를 따라갔다.

산 깊숙하게 들어가자 계곡이 나왔다.

그곳에 천검맹 소맹주인 위지청이 반사영 일행을 기다리고 있었다.

"모셔 왔습니다, 주군."

애꾸눈의 사내가 부복하며 보고하자, 계곡을 바라보고 있던 위지청이 몸을 돌렸다.

"무사하셔서 다행입니다."

"백룡단 단원들이 소맹주님을 뵙습니다!"

네 사람은 아직까지는 백룡단 소속임을 잊지 않고 위지청에게 예를 갖췄다.

위지청은 애꾸눈의 사내에게 그만 물러나라고 눈짓했다.

"일어들 나세요."

네 사람이 일어섰다. 하나같이 긴장이 역력한 얼굴들이다.

"좀 걸을까요."

위지청이 앞장서서 걸었고 네 사람이 그 뒤를 따랐다.

"이름을 정했어요."

"……?"

"앞으로 그대들은 살야단(殺夜團)이라는 이름 아래 소속될 겁니다."

"살야단……."

반사영을 제외하고는 도대체 위지청이 무슨 말을 하는지 도통 못 알아들을 말이다.

"여러분은 현재로부터 백리세가의 사람인 백리연을 살해하고 도주한 천인공노할 살인범으로 천하에 이름을 떨칠 것입니다. 백리세가는 그대들 네 사람에 대한 추살령을 내리겠죠."

"……."

"하지만 걱정하실 필요 없습니다. 그대들은 혈해도로 갈 테니까요."

"잠, 잠시만요. 지금 혈해도라고 하셨습니까?"

혈해도!

백 년 전에 구중천의 수장들과 천마교와의 혈전이 벌어진 장소다. 그런 곳에서 생활한다니?

"그곳이라면 안전할 테니까요."

"대체 왜 저희가 그런 곳에서 생활해야 하는 건가요."

백리웅은 조금 어처구니가 없다는 투로 따지듯 물었다.

"부친 되시는 백리운(百里雲) 대협은 맹주님께서 신뢰하시던 분이셨습니다. 그분께서 백리세가의 가주가 되셨다면 맹주님께서 아주 든든해하셨을 텐데…… 그랬다면 백리세가가 지금처럼 되지는 않았을 테고요."

"말에 가시가 있군요. 지금 백리세가가 어떻다고 그러시는 거죠?"

"후훗. 감히 하늘에 검을 겨누고, 주인을 배반할 준비를 하고 있다는 건 천하가 다 아는 사실입니다만."

"……!"

"막내 동생을 세상에서 지우면서까지 야욕을 감추지 못하는 자가 가주인 이상 백리세가는 더 이상의 희망을 기대하는 건 어리석은 일이죠."

백리웅은 반사영이 말한 걸 떠올렸다. 백리연이 죽고, 그 배후에는 가주인 백리천호가 있다.

믿을 수도, 믿기도 싫은 일이다. 아무리 야욕에 눈이 멀었다고 해서 어찌 동생을 희생시킬 수가 있단 말인가.

"모든 상황은 그대들에게 불리하게 돌아가고 있습니다. 전 살야단을 창설하려고 합니다. 여러분은 혈해도에서 훈련을 받을 겁니다."

"대체 살야단이 뭘 하는 곳입니까?"

"맹주님에게 천령군이 있다면, 앞으로 천검맹을 이끌어 갈 나 위지청의 비밀 부대라고 해 두죠. 훈련을 마치고 돌아오면 그대들은 천검맹 내부에 숨어든 세작을 처리하고, 천검맹을 흔드는 내부의 적과 외부의 적을 제거하는 임무를 맡게 됩니다."

모두가 놀랄 만한 이야기를 위지청은 너무나 무덤덤한 목소리로 말했다. 그 임무는 지극히 위험하고, 목숨 따위는 가볍게 여길 만한 일이 틀림없을 것이다.

"전적으로 음지에서 활동해야겠군요."

무태, 단유하, 백리웅의 얼굴이 어두워졌다.

오로지 위지청의 그림자로 살아야 하는 일이다.

위지청은 자신들에게 설득하지 않는 말투였다. 이건 일종의 통보였다. 더욱 서글픈 건 그의 제의를 거절할 수 없다는 것이다.

"어머니를 뵈어야 합니다. 그래서 전 소맹주님의 제의를 거절할 수밖에 없네요."

백리웅이 냉정하게 거절하고 몸을 돌렸다.

"혈해도로 가는 그 길에 어머니의 묘를 들르시는 것이 좋을 듯하네요."

"지금…… 뭐라고 했습니까?"

"그대가 백리세가로 후송될 거라는 이야기를 전해 들으신 날 스스로 목숨을 끊으셨더군요."

"그 말을 내가 믿을 것이라 생각하는가 보군요."

"확인해 보면 될 일이지요. 정 내 말을 못 믿으시겠다면."

백리웅의 눈동자가 흔들렸다.

"그대의 어머니가 왜 그런 선택을 하셨는지 잘 생각해 보세요."

생각하고 자시고 할 것도 없는 일이다.

아직 받아들이기 힘들지만 정말 위지청의 말이 사실이라면, 어머니가 그런 선택을 한 이유는 하나뿐이다. 자식에게 짐이 되고자 하는 것이 싫었던 것이다.

아들이 자신 때문에 도망칠 기회가 오더라도 순순히 백리세가로 끌려올 것임을 그의 어머니는 알고 있었을 것이다.

백리웅은 쓰러지듯 그 자리에 주저앉았다. 그러곤 하염없이 눈물을 흘리기 시작했다.

위지청은 네 사람에게 고민할 시간을 주기로 하고 그들만 남겨 둔 채 자리를 비웠다.

"이거 생각보다 우리가 위험한 일에 휘말렸는데."

무태의 말에 단유하는 전적으로 동의한다는 듯 고개를 끄덕였다.

무태는 안타까운 시선으로 백리웅을 바라봤다.

동생들 앞에서 창피한 줄도 모른 채 한참 울음을 터트리던 백리웅은 조금은 안정을 찾은 듯했다.

하지만 아직도 어머니의 죽음이 믿기지 않는지 넋을 잃은 표정이었다. 그렇다고 위지청이 거짓말을 한 것이라는 생각은 들지 않았다.

반사영도 백리웅의 주변을 배회하며 그의 눈치를 보고 있었다.

"어쩌실 생각이에요."

반사영은 무태와 단유하의 의견을 물었다.

"어쩌긴 뭘 어째. 지금으로서는 우리에게 선택의 권리가 있는 것도 아니고."

"너는 어쩔 셈이냐."

"갑니다, 저는."

"호오. 제법 강단이 있는데?"

"생긴 거랑은 다르게 말이지."

두 사람은 이 상황에서 웃음이 나는지 낄낄거렸다.

"형님."

반사영은 백리웅의 어깨에 손을 얹었다.

"혈해도로 가기 전, 어머니…… 가 계신 그곳을 두 눈으로 확인해야겠다."

"당연히 그렇게 하셔야죠."

백리세가 본가.

콰아앙!

"뭐라고 했느냐."

커다란 주먹이 대리석으로 만든 책상을 후려치자 엄청난 굉음이 터져 나왔다.

그 앞에는 이틀 전, 반사영을 납치하려던 무리의 수장이 부복을 하고 있었다.

그의 어깨가 부들부들 떨렸다.

"아무래도 위지세가 본가의 무인인 듯싶습니다."

"위지청이 반사영이 누구의 자식인지를 알아 버렸다는 소리겠지."

육 척 장신에 청색 태사의를 입고 있는 사내는 바로 백리세가의 가주 백리천호였다.

"그랬다면 굳이 살려 둘 필요가 있었을까요."

"위지청이 반사영을 자신의 사람으로 만들면 여러모로 좋을 것이다. 특히나 그 녀석은 반적풍의 피를 이어받았으니까 말이다."

"설익었지만 분명 자유자재로 무영살검류를 펼쳤습니다."

"어떻게든 데리고 왔어야 했는데."

"죄송합니다."

"그래, 어디로 향했는지 파악은 됐느냐."

"워낙 은밀하게 움직여서 그것도 어려운 상황입니다. 하지만 백리웅이 함께 있으니 분명 자신의 모친이 묻힌

곳에 들르지 않겠습니까?"

"보냈겠지?"

"물론입니다."

"직접 그들과 부딪히게 하지는 마."

"네?"

"뒤를 미행하라는 말이야. 도대체 위지청이 그놈들을
어디로 데려가는지."

"알겠습니다."

위지청의 말은 사실이었다.

백리웅의 모친은 수일 전에 스스로 목숨을 끊었다.

그 이유에 대해서는 집안 식구들조차도 알지 못했다.

백리웅은 자신이 성장한 집으로는 한 발짝도 들어서지
못했다.

그저 멀리서 지켜만 봐야 했다.

그리고 날이 어두워지자 홀로 어머니의 묘지가 있는 산
을 올랐다.

"휴우. 뭔가 갑작스럽게 내 인생이 꼬여 버린 기분이
다."

무태는 한숨을 푹 내쉬었다.

용호방 시절이 그리운 눈치다.

하지만 그건 다른 이들도 마찬가지였다.

자유분방한 삶을 살았던, 무태.

은퇴한 노고수의 유일한 제자, 단유하.

백리세가의 방계, 백리웅.

그리고 일개 서생이었던 반사영.

너무나 다른 삶을 살았던 네 명이 살야단이라는 이름 아래 새로운 인생이 주어졌다.

모두가 하나같이 원해서 얻은 건 아니지만, 지금까지와는 차원이 다른 인생이 펼쳐질 것이다.

그것만은 틀림없는 사실이었다.

백리웅을 기다리는 동안 세 사람은 산 입구에서 각자 생각에 빠졌다.

그 주변으로는 방갓을 쓴 무인들이 흩어져 있었다.

그들은 위지세가의 무인들이라고 했다.

위지청이 천령군보다 신뢰한다는 점에서 반사영은 놀랐다. 앞으로 맹주 자리에 오를 위지청의 신뢰를 받는다는 건 오로지 자신의 대한 충성심과 실력이 없다면 불가능한 일이다.

실제로 방갓을 쓴 이들의 능력은 파악이 되지 않았다.

저들을 보고 있자면 정말로 그림자 같다는 느낌에 사로잡혔다.

어떤 기운도 느껴지지 않았다.

반사영으로서는 꽤나 충격적인 상황인 것이다.

무연심공은 마음만 먹으면 어떤 이들의 기척도 느낄 수 있다고 알고 있었기 때문이다.

'아직 좀 더 성장할 수가 있다는 거겠지.'

저들이 강해서가 아니다. 아직 자신의 능력이 무연심공을 최대한으로 발휘할 만큼이 아니기 때문이다.

두 시진가량 지나자 백리웅이 내려오는 모습이 보였다.

산을 오르기 전과 별반 다르지 않았다. 하지만 너무나 무덤덤하니까 그게 더욱 걱정이 됐다.

"미안하다. 나 때문에 여기까지 들르게 해서."

"……."

"나도 혈해도로 갈 생각이다."

"잘 선택했수다. 혼자만 안 가면 그게 말이 되나. 그렇지, 애들아? 으하하하!"

가라앉은 분위기를 바꿔 보고자 무태가 방정을 떨었다.

그런 그의 노력 덕분에 네 사람은 굳은 얼굴을 조금이나마 풀 수 있었다.

이동 수단은 말로 바뀌어 있었다.

백리세가에서 무인들을 풀어 네 사람을 찾기 위해 나섰다는 소식을 접했기 때문이다.

"잠시 쉬었다 가야 할 것 같은데요."

반사영도 서둘러 이동해야 한다는 걸 알고 있었다.

"쥐새끼들이 붙었습니다."

일행 중 미행하는 이가 붙은 건 반사영과 애꾸눈의 사내만이 느끼고 있었다.

애꾸눈의 사내는 알겠다는 듯 고개를 끄덕이며 수하들에게 눈짓을 했다.

그러자 세 명이 동시에 흩어졌다.

일각 정도 흐르자 떠났던 세 명 중 두 명만이 돌아왔다.

두 명은 상처를 입고 있었다.

하나는 팔에 피를 흘리고 있었고, 다른 하나는 내상을 입었는지 입가에서 계속 피를 토해 냈다.

"모두 처리했습니다."

애꾸눈의 사내는 수하들이 다쳤음에도 눈 하나 깜짝하지 않았다.

"알겠다. 너희는 따라오지 마라."

그의 냉정함에 반사영 일행은 혀를 내둘렀다.

부상당한 수하들은 버리고 간다. 그만큼 속도가 더뎌질 뿐만 아니라 흔적을 남기기 때문이다.

"아직 한 명이 돌아오지 않았는데요."

"죽었을 겁니다."

애꾸눈의 사내는 매몰차게 말하며 다시금 출발 신호를

알렸다.

"휘유우. 살벌하구먼."

반사영 일행도 뒤처지지 않기 위해 말 엉덩이를 걷어찼
다.

〈『무영존』 제2권에서 계속〉

1판 1쇄 찍음 2011년 3월 15일
1판 1쇄 펴냄 2011년 3월 17일

지은이 | 성 민
펴낸이 | 정 필
펴낸곳 | 도서출판 **뿔미디어**

기획 | 이주현
편집책임 | 주종숙
편집 | 장상수, 이재권, 심재영, 조주영, 이진선
관리, 영업 | 김기환, 김미영

본문, 표지 인쇄 | 광문인쇄소
제본 | 성보제책사

출판등록 | 2002년 9월 11일 (제1081-1-132호)
주소 | 부천시 원미구 상3동 533-3 아트프라자 503호 (우)420-861
전화 | 032)651-6513 / 팩스 032)651-6094
E-mail | BBULMEDIA@paran.com
홈페이지 | www.bbulmedia.com

값 8,000원

ISBN 978-89-6359-949-6 04810
ISBN 978-89-6359-948-9 04810 (세트)